yoyo——著

一周七天、晴天雨天

寫給每一個
為生活努力的你

目錄 / CONTENTS

愛情星期三／你普普通通，卻是我的春夏秋冬

目錄 / CONTENTS

小確幸星期四／送你一朵春天的花

成長星期五／沒有消息的日子，都在努力生活

目錄／CONTENTS

序

人生總是有很多的意外，那些意外到最後可能變成遺憾，但也可能變成回憶。二十三歲的我，可能還沒有太多暢談人生大道理的資格。在很多人的眼裡，我可能只是一個剛出社會，藉由文字無病呻吟的小孩，但，誰沒有過這個年紀呢？

正是因爲年輕，所以對這個世界有太多的幻想。第一次失戀、第一次挫折、第一次哭泣，在年輕時有太多太多的第一次，我想用文字記錄下來，沒有華麗的修飾，沒有優美的詞藻，有的只是最純粹簡單的字句，記錄著我的生活，和逝去的時間。

一周七天，一天二十四小時，這是世界上最公平的事，不管你是胖是瘦、是富是貧都一樣。從起床睜開眼，到晚上熄燈後閉上眼的那一刻，你又辛苦了一天，你又努力了一天。每個人都是這樣，都在為生活奮鬥。你覺得自己很辛苦，但一定有人比你更辛苦。

你想逃嗎？你逃不掉。

你想放棄嗎？你不敢。

你只能在無數個麻煩出現時，內心罵一句髒話後嘆氣，然後默默解決那些麻煩。

一周七天，你最期待哪一天？是快要放假的星期三，還是隔天就要放假的星期五，抑或是睡到自然醒的星期六？一周七天就像是簡易版的人生，晴時多雲偶陣雨，有時晴天有時雨天。

其實生活也沒那麼苦，它也會適時給你一些甜。就像有討厭的星期一，也會有讓你開心的星期六。七天，代表了七種不同的心情，也代表你面對生活的七種態度。在這本書裡，你一定會感覺有一篇是在寫自己，因爲生活的難，大家都一樣。所以其實你不孤單，還是有人懂你，是我、是他、是讀這本書的陌生人。

這本書可能沒有其他作者那樣厲害的寫作技巧，但它給你的力量，我相信不比他們少。我們都曾經是在夜裡哭泣的人，討厭生活、討厭世界，但要相信，陰天裡會透出陽光，雨天後一定會放晴。雨不會一直下，但一直會下雨。

失意了、難過了，翻開這本書看看。我相信在這本書的某個角落，一定會有讓你前進的力量。休息一下再出發，我們都不容易，一起加油。

一周七天，今天
星期一。

Blue Monday

藍色星期一

我不是厭世

我是因為今天星期一

限時動態

這樣真的好嗎？
別人會不會覺得自己很負面？

「想被關心，卻也害怕被關心。」

每到夜晚，情緒都被無限放大。白天看來不起眼的事，卻會在夜晚吞噬你。你常常沒理由地難過。你打開社群軟體發了一篇動態，把想說的話打出來，可能是一件小事，可能是一句話，你也不是想討拍，就是想找個地方講出來。

你看著自己發的動態，有點害羞又有點猶豫。你覺得這樣眞的好嗎?這樣別人會不會覺得自己很負面。你想抒發什麼，可發了動態又覺得自己很矯情，無限循環，最後你選擇了刪除。

你很想被關心，哪怕只是一句「你還好嗎？」都可以讓你心情好很多；卻又害怕被關心，因爲你不想說出心裡的結。最後，你刪除了動態，因爲你討厭上一秒矯情的自己，只好假裝什麼事都沒有發生。

老實說，人有時候也是滿可憐的，想抒發心情還要先戰勝矯情的自己。

白天明白 夜晚翻盤

夜晚的你想著早上的決心，
覺得還是算了……

：「這次一定。」

每一次自我要求的開頭都是這樣。立下決心的那一瞬間覺得快活，認爲自己是贏家，講出的話句句充滿正能量；一到晚上又變成悲劇演說家，而自己就是劇中的主角。

很多事情都是這樣。

白天的時候想通了，晚上卻又輸了。

夜晚的情緒被放大，連心跳

都可以聽得見，你想著早上的決心，覺得還是算了。

我要放棄他，變成了：如果他再不回訊息就放棄他。

我要認真讀書，變成了：等這次遊戲活動過再認真。

我要減肥，變成了：後天聚餐完再減。

決心一直在變小，而你也一直在動搖。最後什麼都沒有，就跟剛開始一樣。

「白天我們都明白，晚上卻總是被翻盤。」

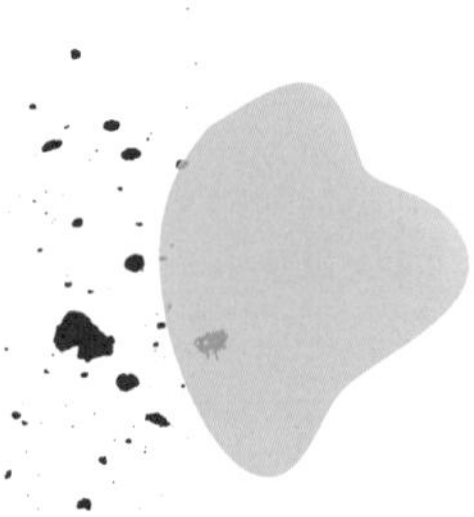

我不是出去玩，我是想逃開

我想忘了你，卻到處都是你……

難過的時候，看什麼都有情緒，聽什麼都起波瀾。一抹風景就可以讓你沉默，別人提到你都會讓你停下腳步。「我想出國散心」「我想去旅行」，但這裡的旅行，不是玩樂的那種旅行，而是「我想離開這裡」。

熟悉的街角，不再出現的你，空無一人的房間，我點燃打火機，卻不再看見你生氣的臉。一個人的生活是那麼平靜，那麼自由，卻也那麼難受。

家、客廳、公園，那些地方

都有你的足跡。我想忘了你，卻到處都是你。我在充滿你的地方學著忘記你，好難好難呀。

我想去旅行，但不是爲了旅行，而是爲了離開這裡。離開這個熟悉的地方，去沒有你的地方療傷，去接受，去和自己對話。你離開了，我們沒有以後了。

「我捨不得這裡，但我想離開這裡。」

反正本來就不是為你準備的

你討厭我？笑死，我才討厭你勒……

「我喜歡你。」

「我討厭你。」

一件事情都會有正面反面，人際關係也是，有人喜歡你，就一定會有人討厭你。要跟每個人當朋友，這眞的太難了。有人離開，有人留下，時間是潮水，在它的沖刷下留住最眞的人，也送走了過客。

我不喜歡他，他長得好醜。

我不喜歡他，他好胖。

我不喜歡他，他好雞掰。

這些話，你是不是曾經聽過？不管是出自別人嘴裡還是你嘴裡，這些都是選擇，一個選擇朋友的過程。

你說你不喜歡我，沒關係。

「反正那些本來就不是爲你準備的。」

你討厭我？笑死，我才討厭你勒。

你要和我一樣痛苦，才算道歉

世界上不存在感同身受……

：「對不起。」

老師說，要常講請、謝謝、對不起。

媽媽說，做錯事要講對不起，別人才會原諒你。

但長大後才明白，不是所有對不起，都可以換來一句沒關係。

「我感同身受。」

「我知道你的痛苦。」

這兩句只是安慰的廢話。世界上不存在感同身受，刺不是扎在你身上，你不會知道有多痛。

你對別人造成的傷害，也許遠遠超乎你的想像，可能影響了他一天的心情、可能影響他一年，也可能影響了對方的一生。

多年後的那句對不起，感覺不像是抱歉，而是你自己心裡的安心。那我受傷的心呢？我這些時間承受的呢？憑什麼你說對不起，我就要原諒你？這些年的傷害是眞的，這些年我的煎熬是眞的，憑什麼你來道個歉就可以把往事一筆勾銷。

道歉？

你要跟我一樣痛苦，才算是道歉。

被拋棄的感覺、被霸凌的感覺，我都想讓你體驗看看，讓你明白這些日子我是怎麼撐過來的。我的淚也是淚，我的痛也是痛，我不是超人，更不是聖人。你的道歉，我聽見了，但我並不想原諒你。

「不是每個錯，都可以被原諒。」

傷害不可逆。也許遺忘了，但疤會提醒你，你曾經歷過。對不起？我錯了？對那些心已經嚴重受傷的人來說，也許只是廢話而已。

對不起？

你要跟我一樣痛苦，

才算是對不起。

事情是壓不垮人的

我們都是一邊崩潰，一邊自癒……

長大了，責任變多了，你不再是毛頭小子，有自己的工作或事業，有人往上去念研究所，有人選擇出社會奮鬥。從你選擇的那一刻起，你已經跟年少時的自己揮手道別了。

事情很多，忙報告、忙工作，你有想過會累，但沒想到會這麼累，有時候眞的好想逃離這個世界。你回憶起以前放暑假的時候，整天喊好無聊，說要打工賺零用錢。現在錢是賺到了，卻已經忘了上次放連假是什麼時候。

好幾次你都在崩潰邊緣徘徊，有時候深夜了還在煩惱東煩惱西。你起身給自己泡杯咖啡，打開咖啡罐時卻發現沒有豆子了。那一刻，那一瞬間，你撐不住了。明明是一件再簡單不過的小事，卻壓垮了你的心。

事情很多我可以慢慢解決，麻煩很多我可以一個一個處理，但情緒來了的時候，我才發現自己沒那麼堅強。

其實每個人的事情都很多，其實每個人都不容易，你常常靠北說自己很倒霉，但其實比你倒霉的大有人在。解決事情，是你要去面對，這是長大的考驗。人人都有一套自己處理事情的方式，但說起情緒，很多人又沉默了，因爲也許他們都不知道自己的情緒是什麼。

長大後不能哭。啊，應該說不能輕易哭，有人跟另一半傾訴，有人回到家才哭。處理情緒也是長大的課題，這點大家都一樣，你難過，別人也是。你這一生注定和情緒共處，你很難戰勝它，但可以學著與它相處。去游泳，去看電影，紓壓方式百百種，總有一套屬於你的方式。

我們都是一邊崩潰，一邊自癒。哭過就好了，明天要繼續，事情還很多，我還要努力。

聽起來難嗎？

難就對了。

因爲這就是成長，也是考驗。

Q：我老是覺得自己的情緒起伏很大，該怎麼調適心情啊？

A：調適自己心情的方法很多，可能是找朋友聊天，吃東西等等。

情緒低落很正常，沒有人是每天都快樂的，我也常常心情不好，有原因的話還好，但常常都是沒理由就心情不好。

我覺得吧，不要把自己關在房間裡，去曬曬太陽、去玩玩電腦。你想要開心，也要先「開」心，把自己關在房間，你只會越來越差而已。找幾個好朋友出來玩呀，或是跟家人聊天，我相信他們一定也願意替你分擔一點。說出來永遠都比憋在心裡好，你的心就那麼大而已，憋那麼多東西，當然會難受。

我自己要調適心情，都是去游泳。現代人手機不離身，很多煩惱都是因爲手機：訊息不回啦、某某某很煩啦。那就去游泳吧！因爲游泳的時候不會碰到手機。漂在水上，讓腦袋放空，會好很多的，相信我。

Tuesday Friendships

友情星期二

友誼不需要標題

我和你

就是最好的證明

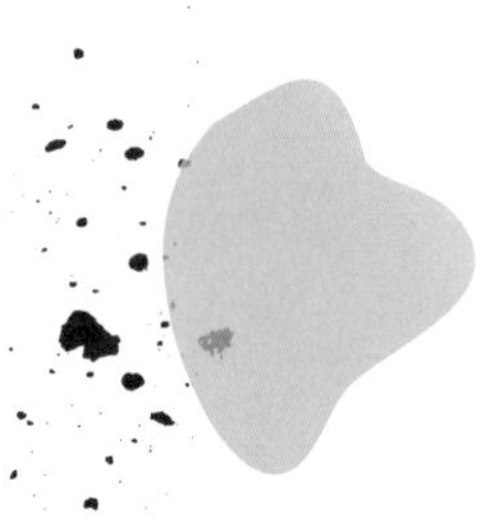

我不會落下你

我們都變了，
但友情沒有，
還是記憶裡那最純粹的樣子……

有趣的靈魂很多，但總有幾個與你特別契合，你們遇見了彼此，度過了難忘的歲月。天下無不散的筵席，也許過了這個階段，你們分道揚鑣，過上不同的生活，但還是會抽出時間相聚。一年了、五年了、十年了，時間在走，你們的友誼沒有被時間打敗。

如果你有這種關係，恭喜你，你很幸運。

每一個年紀，都有適合它的交友圈。不管是因爲讀書相聚，還是因爲遊戲認識，他們的出現都替你的生活上了色。很多人畢業後就消失，很多人踏入了下個階段就忘了曾經，說好的再約，現在看起來格外諷刺。以前會覺得他們很無情，但現在覺得這很正常。

也許對方的出現，本來就不是爲了和你走一生，而是在那個階段撐起你生活的無聊。他們的離開與遺忘並沒有錯，刻意維持的友情才奇怪。

我也一樣。我有了新的生活、新的朋友，一起讀書一起瘋狂。有趣的靈魂很多，但我不會落下你們，因爲你們在我最失意的時候給我肩膀，在沒有人看好我的時候給我鼓勵，那是什麼都比不上的。

五年了，甚至十年了，我們還是沒有忘記對方，還是會在生活的空隙聯絡。我們互不打擾，但需要對方時一定會出現。

沒有刻意維持，但見面時又可以像初見時一樣熱絡，講到爛掉的故事還是笑了出來。我們都變了，但友情沒有，還是記憶裡那最純粹的樣子。

我遇到了很多有趣的人，但我不會落下你。

現在是。

未來也是。

永遠都是。

：劉誠翰

你們的名字就是我最好的理由……

：「欸，我下個月要出去玩喔！」

：「跟誰？」

：「還能有誰。」

：「喔好，注意安全。」

和老媽的對話就是這麼簡單，又或是說，這是一種安全與信任。從小到大，交友圈換了很多，來過家裡的朋友也不少，但就是有那麼幾張熟面孔。我所謂的熟悉不是我自己熟悉，而是連我家人都不陌生。

你們的名字就是我最好的

理由，不管是出去玩還是做壞事，只要說出你們的名字，那就代表成功了一半，剩下的就看我會不會心虛了。

最好的友情是什麼？我覺得就是我們在不同的地方，做著不同的事情，偶爾看到好笑的東西會存起來，想著下次分享給你們。各自忙碌，卻也相互牽掛。

你們的名字我說到爛了，你們的低能我也習慣了。

而有時候會想：

「欸幹，還眞的不能沒有你們欸。」

那只是禮貌

我對你真的很不爽，
但我還是會笑著對你……

如果你看到一個人在哭，
那代表他一定很難過。
如果你看到一個人在笑，
並不代表他很開心。

笑並不等於開心，有時候是一種自嘲與無奈，但更多時候只是一個禮貌。我們知道不能臭臉迎人，所以都會給個笑容，也許背後是敷衍跟不爽。我們只是怕撕破臉，所以才跟你嘻嘻哈哈。

多難過都要擠出笑容，這感覺是長大的必備技能，內心的情緒不能溢於言表，只好藏起來，然後給出一個連我都想翻自己白眼的笑容。

我也不想呀，但沒辦法，沒有人喜歡臭臉，那我只好一直隱藏自己，一直用大家喜歡的表情面對其他人。

我對你眞的很不爽，但我還是會笑著對你。

因爲這是禮貌。

他媽的禮貌。

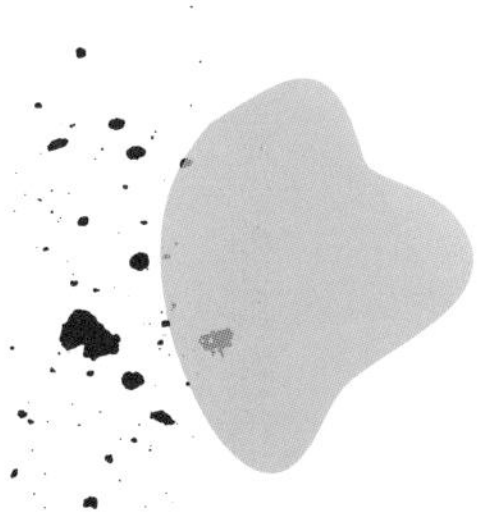

委屈時的眼淚

眼淚落下的那一秒，
會發現止不住，
因為只有你知道自己多委屈……

眼淚，它是一個情緒的表達，既代表快樂也代表悲傷。喜極而泣、悲傷流淚，眼淚不只有難過，它某方面也代表了快樂。

你上次哭是什麼時候，你還記得嗎？

說真的，我還真的忘了自己上次哭是什麼時候。長大了，不可以輕易掉眼淚，這樣別人會說你抗壓性不好。如果你跟我一樣忘記了，那你應該很堅強；如果還記得，也不代表你脆弱，你可能只是淚腺發達。

生活好多阻礙，但你都撐過來了；遇到困難，雖然很不甘願，但還是默默解決了。漸漸地，眼淚這個東西好像從你的臉上消失。啊，也許不是消失，而是你藏得比較好。

多少事情的開端是眼淚？吵架的眼淚、開心的眼淚、失敗的眼淚，一次次的哭泣讓你低落，卻總能在別的地方讓你更堅強，只是，你現在很少哭了。

痛的時候，你忍住不哭。
累的時候，你忍住不哭。

感覺世間沒有什麼能讓你落淚，但有的，那就是受委屈的時候。明明沒有的事，解釋了也沒人相信；我就乖乖在那，也可以被颱風尾掃到；我不去招惹生活，生活卻來挑釁我。生活中好多的委屈，而它們就是我心中最脆弱的點。

「我想停下來，但眼淚止不住。」

我想你身邊的人，甚至連你自己都一樣，你們現在很堅強，但當眼淚落下的那一秒，你會發現你止不住，因爲只有你知道自己受了多少委屈。

抱歉

對不起。我好像又讓你失望了……

我總覺得，「不夠有自信的人，好像常常說對不起」。

有時候覺得自己滿廢的。讀書嘛，讀不贏別人，補習補了一大堆，成績卻沒有起色，都不知道是去補習還是交朋友；答應別人的事卻沒有做到，明明知道不可以，卻還是慢慢沉淪。

別人給了我機會，但我沒有把握，反而讓它悄悄流逝。

「對不起、對不起。」

對不起本來是求得對方原諒的詞，卻漸漸變成口頭禪，感覺自己什麼都做不好，怕又把事情搞砸了。

別人的期待本來是指引你的燈塔，有時卻變成無形的壓力。感覺人都是活在別人的期待，小時候的父母、出社會後的上司，甚至是社會對你的看法。原來我們自始至終都背負著別人的期待，不管好還是壞。

「我眞的不想讓你失望。」

但一次次的努力都沒有好結果，我想可能是勝利女神忘了我。別人好輕鬆，我好努力；別人成功，我失敗。失望的感覺不好受，但我默默在承受。

你每次都對我抱持著期待與希望。

但對不起，
我好像又讓你失望了。

我想要抱抱

最溫暖的安慰
應該是充滿千言萬語的擁抱……

「我喜歡擁抱，因爲那是心跟心最近的距離。」

安慰的方法很多，從簡單拍拍他、鼓勵他，到請他吃飯、陪他哭，但我想最溫暖的安慰應該是一個充滿千言萬語的擁抱吧。

生活中好多麻煩事，功課、工作、人際關係、愛情。遇到如意是幸運，因爲我們大多都是遇到不如意。「好累」是一句常常出現的話，也許只是發牢騷，但就怕那背負了他人看不到的壓力。

有時候我眞的很希望有個人，可以給我一個又大又久的擁抱。

他不需要聽我抱怨，他不需要說話安慰我，而是給我一個溫暖的擁抱，然後靜靜地陪著我。

此時無聲勝有聲。眼淚奪眶而出，不過是再普通不過的一個擁抱，卻讓你的眼淚止不住。那些壓抑的情緒湧出，你停不下來。他抱著你，輕輕拍拍你的頭。也許得不到救贖，但這個瞬間，你眞的輕鬆了很多。

給我個擁抱吧！

又大又久的那種。

所以，你說了什麼

比起別人在背後議論我什麼，
我更想知道你替我說了什麼……

「欸，我跟你說，那個誰誰誰啊，他……」

這種耳邊祕密你一定有聽過，雖然跟自己沒關係，還是會八卦一下。聽別人的都很有興趣，但當自己是別人嘴上的閒話時，又慌了手腳，一有點不利就拚命解釋。

你越閃耀，就有越多人議論你。啊，應該是不管你多普通，都會有人議論你。從學生時期的誰誰誰討厭誰，到長大的誰誰誰討好誰，感覺那些議論沒有停止，甚至有點變成生活的樂趣。

你知道嗎？比起別人在背後議論我什麼，
我更想知道你替我說了什麼。

眞正的朋友，他不會相信流言。
他只相信你。

：「欸，那個誰誰誰怎樣怎樣……」
：「他不是那種人。」

依賴

少了一個人的訊息，
總感覺今天不完整……

什麼是依賴？就是它早就變成習慣，沒有了它你會覺得怪怪的。

每天聊天的人，要嘛是情侶，要嘛是好朋友。日復一日，這種聊天的習慣不知道過了多久，你早就沒有感覺，但有天不聊了，你會覺得是不是少了什麼。

天天聊天的人，就算不是情侶，也會產生依賴的。

不知道怎麼解釋，可是友

情好像也會吃醋，友情也會不習慣。少了一個人的訊息，總感覺今天不完整。

戀人會依賴，友情也會。

戀人會吃醋，友情也會。

友情的醋

友情呀，
一旦認真起來，
比愛情還讓人刻骨銘心……

有時候友情的醋，比愛情的還酸。

友情也是會互相比較的。就像你們的群組，裡頭人不多，個位數而已，但一定有一、兩個人你特別重視。如果看見他們跟其他人太好，你心裡都會有種說不上的感覺。它既不是愛情的醋，也不是友情的嫉妒。

友情呀，一旦認眞起來，有時候比愛情還讓人刻骨銘心。你可能會忘了第一次談戀愛的情況，卻忘不了友情裡每一個片段，一起打鬧，一起惡作劇，甚至一起哭。

友情的力量不亞於愛情，它幫你的生活上了色，它讓你的人生不那麼無聊。你一定有一、兩個特別要好的朋友，你們壓根兒沒想過會那麼要好，甚至在第一次見面還有點互看對方不爽，可現在卻變成隨 call 隨到的兄弟。

友情很神奇，它既會吃醋，又會嫉妒。

友情很神奇，

有時它比愛情，更讓你難忘。

所謂青春

你找到了適合自己的那群人，
而代名詞正是你的青春……

青春的美好是後知後覺的，你覺得還有很多時間，但回過神來才發現早就已經回不去。熟悉的教室、熟悉的人、說好再見的朋友與擦肩而過的路人，那些風景成就了你，而那段青春也是你永遠的記憶。

青春是什麼？是下課玩瘋，還是晚上夜衝？那些記憶印象深刻，也是青春的扉頁，可是一個人的快樂也只是乏味。你遇到了很多朋友，他們的出現替你的快樂增加了風味，酸甜苦辣都很深刻。這時你才發現，原來所謂的青春不是一段時光，而是遇到的那群人。

：「嗨，很高興認識你。」

簡單的一句話，一段緣分就開始了。你會遇到很多人，有人淺淺地打聲招呼，有人恨不得跟他一輩子相處。你找到了適合自己的那群人，而那群人的代名詞正是你的青春。

青春的荒唐與熱血是幾十年後回憶的微笑。一起上課、一起讀書做設計、一起翹課。青春的模樣平凡，卻溫暖了我好長好長的時光。

「在夏天遇見了你們，也在夏天說再見。」

畢業了，我們各奔東西。大家都在爲了生活打拚，也許有些人你已經見到最後一面了，只是你還沒察覺。你總是天眞地以爲還有下次，可是，沒有了。你們聚在一起時無堅不摧，散開後就是滿天的星斗，在不同的角落裡續寫自己的故事。

我們各自努力。

希望都可以活成自己喜歡的樣子。

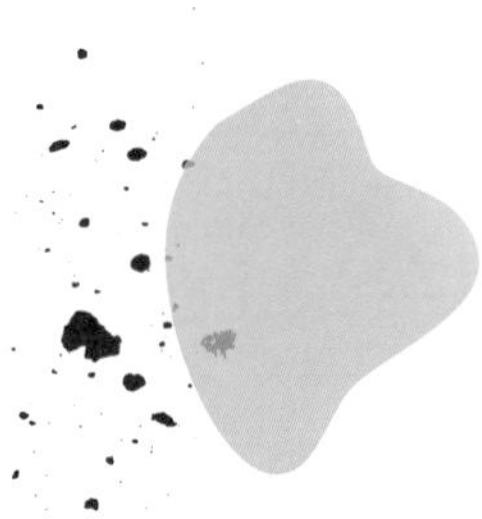

前程似錦

也許我們只是過客，
出現、認識、再見，僅此而已……

六月會讓你想到什麼？是炎熱的夏天，還是即將到來的暑假？六月是個既感傷又充滿希望的月分：六月畢業季，有人高中畢業，要邁入嚮往的大學生活；有人大學畢業，即將成爲社會新鮮人。

老師在台上說著祝福的話，我們在底下打鬧，想著未來可期。結尾時，老師說了一句：「祝你們前程似錦。」這句話是我那個階段的結尾。我以爲這句話是祝福，後來才知道，原來它是告別的意思。

說好要再約，結果畢業後就沒了聯繫。有天你想起他，打開臉書，才發現他刪了你好友，你有點難過，卻又不意外；你有點生氣，卻又不知道爲什麼要生氣。

從一堆朋友，到後來一隻手數得出來，朋友不是越來越少，而是越來越眞。時間是個篩子，過濾了很多人，有人留下，有人離開，這再正常不過。他只是在那個階段出現而已，他的任務也許只是陪伴，並不是陪你一生。畢業了，他的任務也結束了，那麼他的離開，好像也沒什麼好難過的了。

前程似錦是祝福，也是告別。我們有喜歡的老師與同學，但對他們來說，也許我們只是個過客，出現、認識、再見，僅此而已。

數學課的無聊，英文課的煩悶，那些你想過去的，現在都回不去了。沒有了鐘聲，沒有了考試，時間總是這樣悄悄溜走。長大後回憶起學校生活，還是會讓你微微一笑。總會有人畢業，總會有人後悔，每當六月鳳凰花開時，都會讓你感嘆又老了一歲。好好珍惜學生時光，因爲那是你最單純的一段日子。

那句前程似錦不是祝福，而是告別。

是對你，也是對你的學校生活。

Q：我因為一些事情跟好朋友吵架了，我們再也無法和好了，怎麼辦？

A：你身邊有沒有那種很要好的朋友？我有，而且認識十幾年了。這十幾年也不是都和樂融融，中間當然也有幾次爭吵，更有好幾次吵到快要決裂，但最後還是和好了。那些吵架故事反而變成我們每次聚會時談笑的話題。

跟朋友吵架很正常，家人都會吵架了，情侶都會吵架了，何況是朋友？我覺得，如果你不想失去那個朋友，那就誠心地跟他道歉，不要覺得拉不下臉。面子跟朋友，我一定選朋友。好好道歉，可以的話不要用訊息，當面說會更好，因爲文字沒辦法完全傳達你的話。道歉了，也許你們不會和好，也許他還是沒辦法原諒你，但至少你不會多一個敵人。

要記住，不是所有對不起都能換來對方的沒關係。吵架可以和好，但點不點頭還是要看對方。沒有一定能獲得原諒的道歉，只有誠心，才可以提高和好的可能。

Love on Wednesday

愛情星期三

你普普通通

都是我的春夏秋冬

想太多

明明是朋友，卻變成了曖昧；
明明是曖昧，卻聊得像在一起……

人生三大錯覺：
手機震動、
有人敲門、
他喜歡你。

談戀愛這個詞，有人覺得簡單，有人覺得很難。就算你談了戀愛，也不一定是好的戀愛。感情不是簡單兩個字，而是有很多的事情需要去克服。

大法師、母胎單。漸漸出現一些詞彙來形容那些單身的人，他們自我嘲諷，揶揄著自己，但我相信他們比誰都想體驗戀愛的滋味。

「該怎麼談戀愛？」
「認識女生的十大技巧。」
「怎麼認識異性？」

那些文章裡都會提到：「穩定聊天。」

但你要先知道一件事，那就是一個人跟你聊天聊得很開心，不代表就是對你有意思。

我見過很多人，聊了幾個月，就開始出現不知道哪裡來的占有欲。明明是朋友，卻變成了曖昧；明明是曖昧，卻聊得像是在一起。

那些你自顧自的升級，只會造成對方的反感。我喜歡跟你聊天，不代表我喜歡你呀。喜歡需要確認，喜歡需要時間，不是幾句話的往來就能確定的。

聊天的確是認識的必要條件，
但如果放太多「以爲」進去，

就只會搞砸而已。

可笑的占有欲

為什麼我沒有自己的尊嚴，
就因為我好喜歡你……

有人說過，沒有資格吃的醋，最酸。

我們把對方放在心中第一名的位子，但對方不一定也會把我們放在同樣的地方；喜歡一個人，是一段漫長的旅程，你覺得自己做了很多，想睡覺卻還是陪他講電話、洗澡時把手擦乾回訊息。那些浪漫的事可以寫成一百零一個故事，可是，又如何呢？他也許會感動，但不會心動。

你跟他的關係都建立在「你們目前只是朋友，不是情侶」。

這句話，你只要接受了，它可以拯救你百分之九十的焦慮。

「他爲什麼訊息都不回？」

「他爲什麼跟別人出去？」

「他爲什麼要突然消失？」

你清醒一點，你跟他只是朋友而已。你不是他老媽或另一半，他沒有義務跟你報備。他訊息爲什麼不回？啊就不想回啊；他爲什麼跟別人出去？說實在的，他跟誰出去你都管不著；他爲什麼要突然消失？沒有爲什麼，就是不想聊了。

你覺得自己做了很多，但對方也這樣覺得嗎？你的殷勤還未傳到他心裡就已經墜落，你的努力感動的只有自己。你的情緒要自己負責，而不是依附在別人的行爲裡。

「你不覺得那些非情侶的占有欲，很可笑嗎？」

我覺得除了可笑，更多的是無力感與心酸。曾經我跟你們一樣，會因爲曖昧對象的訊息而情緒起伏。我好希望他什麼都可以跟我說，我好希望我不只出現在他的生命，更可以住在他的生命。美好的幻想在我腦中浮現，可是一句名爲「你們沒有在一起」的話，打破了我的幻想。

很慚愧吧。沒有身分的我，連正大光明問他在哪的勇氣都沒有。我都會在心裡告訴自己別再這樣了，看淡吧，但當你訊息傳來的一瞬間，我還是不爭氣地秒回。

你說：「喔，沒有啦，我剛剛跟誰誰誰出去。」

我笑著回：「喔喔，原來。」

我好想給自己一巴掌，爲什麼我沒有自己的尊嚴，就因爲我好喜歡你。

我把自己逼急的樣子應該很好笑吧。我等你的訊息等到快睡著，在心裡發火的時候應該很蠢吧。我好想就這樣占有你的占有欲很可笑吧。

不過還好那些你都看不到。

所以你偷偷笑我吧。

哈哈。

安全感

剛剛好的交談、剛剛好的行為，
衝動前，想一下對方……

懂得避嫌，懂得相信。我給你自由，但我要你自覺。

感情是兩個人的事，但一個不小心可能會變成三個人的事。你身邊的異性在想什麼，我們比你還清楚。是渣男、是婊子，我們一眼就能看出來。

安全感除了你給，我也會給自己。我相信你不會做對不起我的事，你也懂得避嫌。什麼他只是朋友，什麼我跟他沒什麼，這些話我聽到就覺得噁心，朋友與第三者的距離，往往只是一個念頭而已。

不是說談了戀愛就不能有異性朋友，而是要懂得抓好距離。剛剛好的交談、剛剛好的行爲，衝動前，想一下對方。

所以我不會太接近別人的另一半。

因爲我需要安全感，

對方一定也是。

偶爾羨慕，偶爾慶幸

自由多了，但寂寞好像也多了……

單身，好嗎？

人很矛盾，單身的時候，看到情侶雖然會在心裡說：「媽的，閃屁閃。」但其實心中還是會有一點點嫉妒。有些時候會覺得，要是身邊有一個人就好了，像是生病的時候、難過的時候。

但看到朋友因爲感情綁手綁腳的時候，又會覺得一個人眞好，錢自己花、遊戲隨便玩，自由眞好。

單身久了，這份感覺越來

越強烈。我想要有個人陪，卻又想要自由。難過的時候有個肩膀的話，那該有多好；難熬的日子都是一個人撐過去的，要是有個擁抱，我是不是就不會那麼累了。

但也慶幸自己的自由，不用顧忌另一半，可以做任何想做的事。自由多了，但寂寞好像也多了。

單身久了，好像有個副作用。

那就是越來越不容易遇到新的感情了。

啊，

應該是越來越難騙了。

這是愛嗎？

愛情是個難題，
不是因為它難搞，
而是它沒有一個正確答案……

「愛是什麼？」

愛是什麼？是沒錢了給你錢花？還是難過時給你一個擁抱？

每個人都有自己對愛情的定義。愛情是個難題，不是因爲它難搞，而是它沒有一個正確答案。

我不懂什麼是愛，我只知道我會常常想到你。看到好笑的東西會想到你、看到愛情電影裡的情侶會想到你、看星座配對的時候把你的也順便看了。我不懂什麼是愛，但我常常想到你。

我不懂什麼是愛，但我什麼都想跟你分享。好笑的影片會標記你、今天做了什麼想跟你說、晚餐吃了什麼會拍照給你看。我什麼都想跟你分享，這是愛嗎？我不懂。

你回我訊息的時候，我原地旋轉兩圈，手舞足蹈，心臟蹦蹦跳、小鹿撞到腦震盪，然後還要冷靜地回覆你。我不知道這是不是愛，我只知道你回我訊息的時候，我會這樣。

如果我心中有金字塔，你應該在很尖的地方。對我來說，你早就是我生活的一部分。

別人不理我，我一定會覺得：「不理就不理啊，誰稀罕。」

但如果你不理我，我就會在心裡上演小劇場：「嗚嗚嗚，他怎麼不理我了。」我不懂什麼是愛，但如果你不理我，我會變成舞台劇演員。

嗯，愛情眞難搞。

你有多愛我？

提到你，我就像拿玩具炫耀的小孩，
眼裡閃閃發亮，滿是驕傲……

喜歡一個人，眞的是藏不住的。

情侶間的對話，總是會出現這樣一句：「你有多愛我呀？」你覺得這是一個簡單的問題，但當你眞的要開口回答時，又不知道如何表達。

是呀，我有多愛你，我還眞不知道該怎麼說。我會幫你買早餐？你難過的時候我會陪你？想了很多，卻不知道如何表達。

喜歡一個人，你會發現生活

的天平傾向他。你可能沒有發覺，但你每個行爲都有粉紅氣泡。你嘴上說累，但看到對方的笑容又會覺得一切值得。愛這種東西眞的很神奇，它讓人墜入地獄，又讓人飛上天堂。

我不知道該怎麼跟你說我有多愛你，但其實我身邊的朋友都知道，因爲我開口閉口都是你。

「我女朋友叫我去接她。」

「我要陪我男朋友看球賽。」

你的話題常常圍繞著對方。現在的人都這樣，他們討厭放閃的人，卻喜歡偷偷放閃，被朋友靠北的時候又在心裡暗爽。

我的生活本來是忙、忙、忙、睡覺，現在忙的裡面多了一個你。我常常說很煩很累，但其實滿開心的。生活有了你，也多了很多不一樣的風景。

我不會表達自己有多愛你。我常常詞不達意，所以你常常罵我是根木頭，但我眞的非常慶幸生活有你。我常常提到你，提到你的時候，我就像是小時候拿著新玩具跟別人炫耀的小孩，眼裡閃閃發亮，滿是驕傲。

：「你有多愛我？」

：「我開口閉口都是你。」

：「你覺得我有多愛你。」

結婚

沒有一定要結婚的年紀，
只有必須結婚的愛情……

有人把結婚當成人生一定要完成的事，有人把結婚當成身外之物。那對你來說，「結婚」又代表什麼？

從陌生人到朋友，到戀人到禮堂，在這裡只是幾個字，但對當事人來說，卻是一個故事。有人一輩子沒結婚，卻比誰都快樂；有人早早結了婚，臉上卻不再有笑容。結與不結都沒有標準答案。

我這樣說吧。

「沒有一定要結婚的年紀，只有必須結婚的愛情。」

從戀人變成夫妻，是稱呼的改變，也是責任的開始。我喜歡你，我愛你，我想和你有個未來，這是感情最初的也是最美好的模樣，卻有很多人忘記了。

結婚沒有不好，但也沒多好。有人結了幾年就離婚，理由不是太陌生，而是太熟悉。

很多人都被催著結婚：「你都三十啦，還不結婚。」「啊，你都快四十啦，我在你這個年紀都有兩個小孩了。」說實在的，聽到這些話，我心中只有一個想法：「喔，然後呢？」

愛情是選擇，也是忠誠。你有好幾次機會，但每一次的錯誤只會讓你更不相信愛情。你決定孤獨一生也好，你決定要結婚也好，但請先問問自己，這段感情開心嗎？想和他有以後嗎？

沒有一定要結婚的年紀，
只有必須結婚的愛情。

我不想要你想結婚，我想要你想娶我。

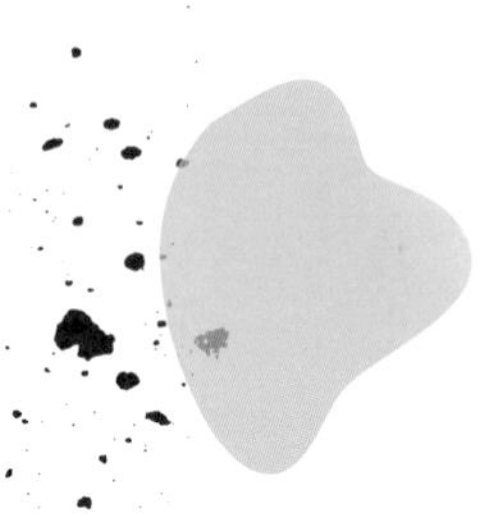

那他應該不喜歡我了

把你移除置頂後，
發現你沉到了最下面，
就像你漸漸變成心底的祕密一樣……

喜歡一個人的時候，是什麼樣子？

表達喜歡的方式有很多，多看一眼、傳紙條、製造巧遇。各種方式都試過，但其實想要的就只是想離你近一點。

喜歡不一定要掛在嘴上，不一定要很張揚，有時候小小的細節更讓人暖心。喜歡變成了曖昧，就只差最後一步了，再努力一點就可能變成情侶。

每一段的感情都是這個劇

本，拚了命想跟你多些交集。你看什麼劇，我就去看什麼劇；你喜歡什麼東西，我就去了解，把你的興趣都摸一遍。要的就是某天你提到時，我可以點著頭說：「這麼巧，我也很喜歡。」

「如果他喜歡你，他會一直來找你說話。」

每段感情都是從聊天開始，慢慢地培養，慢慢地了解，到最後慢慢地喜歡。跟朋友聊天大剌剌，跟喜歡的人聊天卻小心翼翼。

每天期待的就是睡前的手機通知，興奮地抱著娃娃，然後故作鎮定地回覆。

：「如果他喜歡你，他會一直來找你說話。」

：「那他應該不喜歡我了。」

突然間沉默了，原來那個聊天室很久沒有響起通知。把你移除置頂後，發現你沉到了最下面，就像你漸漸變成心底的祕密一樣。我曾經以爲過不去，但沒想到一回首，已經過去那麼久了。

：「如果他喜歡你，他會一直來找你說話。」

：「是喔，那他應該不喜歡我了。」

相愛才有用

喜不喜歡很現實，
他不喜歡你，
你做多少努力都沒用……

愛情很美好，它是一種力量，可以讓人爲了一個目標奮鬥，希望可以在人海中找到最愛，跟他走完漫長的人生。

一路上你遇見了很多人。有你愛的，但他不愛你的；有愛你的，但你不愛他的。想找到相愛的兩人談何容易。

我喜歡你，所以我追你。

每一段感情的開頭都是這樣，一方主動了，那浪漫的故事也提筆了。你付出了很多，爲對方做了很多事情，你要的是對方的點頭，你要的是可以光明正大地牽著他的手。

可是呀，很多感情不是你努力就有用。喜不喜歡很現實，有人一見鍾情，有人日久生情，他不喜歡你，你做多少努力都沒用。

愛沒有用，多愛都沒用，那些愛到最後只變成你一個人的感動。愛這種東西，要相愛才有用呀。

雙向的奔赴才有意義，如果只有一方在往前，那你們的感情到最後有很大機率也只是場鬧劇而已。

但我還是愛你

吵架、冷戰我們應該都會遇到，
但我想讓你知道，我不會不愛你……

兩個人在一起，哪可能不吵架。

你們都有自己的想法，所以多少都會有些摩擦。有時會因爲小事吵架，有時會因爲對方的不諒解而生氣。吵架很正常，因爲有吵架代表有溝通，如果沒吵架，那才是眞的完了。

人都會習慣，剛開始的新鮮感也會消失。在一起後，你看到了更眞實的他。從前的臉紅褪去，變成現在的平凡；當時的激情，變成現在的習慣。那些外在的東西漸漸消失，現在支撐你們的，早就不是新鮮感了，而是最純粹、最眞實的「愛」。

沒有話題很正常。我喜歡看動漫，你喜歡看韓劇；我喜歡看「反正我很閒」，但你覺得他們都是智障。沒話題很正常。要是做什麼、看什麼都要顧及對方，那多累呀。

吵架沒有個結果的時候，我們會冷戰。可能是不回訊息，可能是變得比較隨便，但我相信我們是在冷靜，在與自己對話。

我們未來的日子會遇到很多很多問題，有讓人想逃避的，有讓人撐不下去的，吵架、冷戰什麼的我們應該都會遇到，但我想讓你知道一件事，就是我不會不愛你。

雖然有時候你很白目，但我還是愛你。

雖然有時候我會很不爽，但我還是愛你。

我們一定還會遇到一堆鳥事，

但你要知道，

我還是愛你。

想想你們是怎麼過來的

你們是情侶、是夫妻，不是敵人，
別只顧著吵架，說狠話……

兩個人在一起，怎麼可能不吵架。可是呀，有些話在相處的時候不能說，吵架的時候更不能講。但情緒上來的時候，我們卻容易說出氣話，而這可能會變成對方心裡的疙瘩。也許你沒有那個意思，但聽的人就不一定了。

記住，別在情緒上來的那一刻，忘記了對方所有的好。你可能很生氣，但一段感情有爭執代表有溝通，要是沒有溝通，那才是眞的完蛋。

對於事情，你們各有不同的

看法。好勝心我都明白，你想要贏我也明白，但如果你因爲衝動，說出了讓你後悔一輩子的話，你應該會很懊惱吧。

不要忘記對方的好。你們是情侶、是夫妻，不是敵人，別只顧著吵架，說狠話，想一想你們是怎麼走過來的。

架不是沒吵過，但你們也都解決了，那這次是不是也可以跟之前一樣。涼人心很簡單，往往只需要一句話。那句話可能簡單，卻狠狠地在對方心上劃了一刀。

別說氣話，更別說分手，那很傷人，眞的。

你跟朋友相處都會吵架了，跟另一半當然也會吵架。可能是一方做錯了，另一方生氣，也可能是從溝通到最後變成吵架，傷了和氣。

感情不像電影或小說講的那樣都是甜，裡頭有很多麻煩是需要去克服的。電影裡愛來愛去就幸福美滿，可真實的感情需要溝通來溝通去才可能美滿。

不要一吵架就想你們適不適合。沒有誰是天生一對的，都是各退一步，在陪伴中成長。你們很適合，但愛情不只有甜，還有酸苦辣。

吵架是吵架了，又不是不愛你了。

吵架的時候，是我們vs.問題，不是你vs.我。

最有安全感的時候

我沒辦法時時刻刻陪著你，
但可以時時刻刻陪你一起面對……

你跟另一半之間有祕密嗎？

我想每個人的心裡都有一、兩個不能跟對方說的祕密吧。可能是怕被罵，可能是不想讓對方擔心，所以全部藏了起來。別人可能看不出來，但和你相處那麼久的另一半，一定會察覺到不對勁。

「不是不想講，而是怕你擔心。」

但是呀，兩個人在一起，除了愛情，更需要互相扶持。一個人很苦惱，但兩個人一起想也許就不一樣。

我不喜歡你把話藏在心裡。也許你是不想讓我擔心，但我會覺得是不是你不信任我。

你什麼事都願意和我說的時候，是我最有安全感的時候。你上班怎麼了，你今天在學校怎麼了，我沒辦法時時刻刻陪著你，但我可以時時刻刻陪你一起面對事情。

都說兩個人在一起需要溝通，但如果你什麼都不說，我們該怎麼溝通。

我害怕去問，就怕傷到你的心。

我喜歡你告訴我，那就像是你很信任我。

你什麼都願意和我說，
就是我最有安全感的時候。

你的眼淚，我已經沒有感覺了

我們都撐著，
就等一方說出最後的那幾個字……

：「沒感覺了？」

：「嗯，沒了。」

曾經，我的每個情緒你都會替我接住，一字一句都牽動著你。我笑，你跟著我開心；我難過，你跟著我陰天。那些情緒有你的擁抱，便不再孤單，甚至有些溫暖。

一滴眼淚就可以讓你緊張好久，一個臭臉就可以讓你慌了手腳。每次我看到你的緊張，都覺得心頭暖暖的，原來我還是被你在乎著，因爲在乎才會在意吧。

忘了從什麼時候開始，我們好像變調的曲子。漸漸地，那些情緒沒有了出口，我的反應你也見怪不怪了。也許我們終究抵不過時間吧。我也講不出哪裡變了，但我們真的不一樣了。

冷冰冰的你，像是說著我的熱情是打擾，讓我想接近你又不敢。很好笑吧，曾經交心的兩人現在連日常問候都會尷尬。我們都撐著，就等一方說出最後的那幾個字。

沒想到我們結束得那麼草率，連好好說聲再見都變成奢望。電話那頭的你語氣平淡，而我沉默。你說的話、做過的事，剎那間閃過我的腦海，兩行眼淚終於扛不住情緒緩緩流下，但你淡淡地說了一句：「你現在哭，我都沒有感覺了。」

我想，
你這次是鐵了心要走吧。

我故意不理你的時候

我壓下了情緒，用無視來替自己圓謊。
熟悉到陌生原來只是一句話的距離……

告白，是一個雙向的賭注，我有可能擁有你，但也可能失去你，總是在糾結該不該勇敢。

成功是少數，失敗是常態。

這是任何戀愛不變的法則。失敗了，總是丟下一句體面的話：「我們還是朋友呀！」是呀，還是朋友，一個永遠不可能更進一步的朋友。

告白後的見面，充滿著尷尬。你越想表現得平常，卻越不正常，行為都被放大，思想越來越細膩。你好像失去社交能力，不知道怎麼和他當朋友。

「早安。」我該說嗎？

「晚上吃了嗎？」我要問嗎？

睡前的聊天，要繼續嗎？

我糾結，最後化作一句，算了，不去打擾了。

告白與被告白都不知所措。一個會怕打擾，一個想盡辦法不要讓對方想太多。曾經的熟悉越來越陌生，背對背的我們走向不同的路。

我故意不找你，是因爲我會難過；我壓下了情緒，用無視來替自己圓謊。熟悉到陌生原來只是一句話的距離，你不知道該怎麼辦，你覺得被拒絕了是不是自己的問題。

一個告白，失去了一個很好的朋友。

你知道嗎？
我故意不理你的時候，
我比你還難受。

那種感覺是一種無可奈何。熟悉到極限，但就是觸碰不到你。陪著你、看著你，最後你還是屬於別人，你不覺得太虐心了嗎？我不想看到，那就由我來對自己殘忍吧。

你的拒絕沒有錯，我的勇敢也沒有錯。
我不是故意不理你，
我只是害怕看到，

看到你最終屬於別人的樣子。

你到底在累什麼？

這段感情都是我在奔向你，
你卻說你太累……

「雙向的奔赴才有意義，單向的奔赴只是在消磨愛意。」

我一直在往前，希望可以拉近我們的距離，可過了好久，我們還是一樣。原來，是因爲你一直在後退。

在感情裡卑微的人很可笑吧。替對方找藉口，一次又一次地欺騙自己。在別人眼裡他可能是個白痴，但，如果不是太愛了，誰願意變成這個樣子呢？

話題我開的，吵架了我先

道歉的，聊天的訊息我回得比你還多。我努力在找我們生活的交界點，可你依然無動於衷。

你知道嗎？我有點累了。

我打字你傳貼圖、一整天不回訊息、消失，那些事實擺在眼前，我該怎麼去說服自己「他只是太累了」「他工作很忙」「他沒看到」。這些理由我告訴自己好幾百次，講到我都不好意思再騙自己了。

我也是個人，我的心也會痛呀。雙向的奔赴才有意義，但我們現在這樣，我只感覺好累而已。

你覺得都是我的問題，不懂得貼心，不懂得體諒。你在跟我吵架的時候遇到一個對你好的人，覺得他比我還愛你。「沒感覺了」

「累了」「分手吧」，你淡淡丟下這幾句話，說走就走，我笑著哭了出來。

我究竟是因爲分開而落淚。

還是因爲我不明白，這段感情都是我在奔向你，你卻說你太累，讓我笑出來呢？

我不懂，

眞的不懂，

不懂你在累什麼。

選擇

忘掉過去，還是擁抱未來？
我想你心裡一定也有個答案……

「人呀，最害怕的，應該就是被辜負吧。」

全心全意付出，換來的卻是對方的理所當然；對他的好，卻被對方當成了習慣。

分開的原因很多種，有因爲對方不珍惜，有因爲一個小爭吵，不管是哪一個原因，分開時那種窒息感跟痛苦，都是一樣的。

天眞地以爲分開後還能當朋友，卻發現分開後連打招呼都要勇氣。漸漸地，你們淡出了對方的生活圈，有默契地錯過。

不知道過了多久，你們已經開始新的生活。這段曾經的感情被你們放在心裡不願意談起，卻也不願意遺忘，只在朋友起鬨說要聊聊初戀時才拿出來，之後又放回心底。

本以為你們不會再有交集了，卻在一次偶然間遇到，你還是想起了當時為什麼會心動。當時的心跳，當時的不敢直視，那些感覺好像都回來了。

果然，真正喜歡的人，再遇見一次還是會心動。如果第一次是心動，那這次，應該就是選擇了吧。

是忘掉過去，還是擁抱未來？

我想你心裡一定也有個自己的答案。

沒有對與錯，

只有你願不願意再一次，或願不願意錯過。

第一次是心動。

第二次是選擇。

那如果第三次，你覺得是什麼？

後來有沒有你，好像都無所謂了

那份想念沒有當初強烈，
反而多了一點如釋重負……

「我想你了。」

每到夜晚，這個想法就會浮現。打開手機的聊天畫面，打了好長一段話，修修改改，卻遲遲不敢按下發送鍵，最後全部刪掉，告訴自己算了；點開社群軟體，看到你又更新了動態，跟誰出去了，去哪了。想回覆什麼，卻不知道該說什麼。其實要的不是什麼有來有往的對話，而是想和你有一點點交集罷了。

「他生日了，我該去祝他生日快樂嗎？」

「他好像很難過，我該去安慰他嗎？」
「他這篇文章，在說我嗎？」

那些衝動被壓了下來，
最後變成心中的想念。

日子一天天過去，還是會想念，但那份想念卻沒有當初強烈，
反而多了一點如釋重負。

原來一個人也可以生活。
原來一個人也可以過得很好。

當初那份非你不可的想法漸漸消失。

夜晚的眼淚變成現在的微笑，可能這就是痊癒吧。

你知道嗎？
有一段時間我特別想你。
但我熬過去了，後來有沒有你，
好像也無所謂了。

他是不是有病

我心裡本來住著一個人，
有天他走了，我就變這樣了……

我是個很渣的人，跟誰都可以聊天。從日常聊到曖昧，再從曖昧聊到深夜話題。我跟每個人都可以聊。我不知道對方有沒有聊出感情，但我滿享受這個過程，我好渣呀。

我好像又不渣。即使聊得再久、多曖昧、多露骨，我都提不起興趣。對我來說，那些往來的對話也只不過是冰冷的文字。也不能算是故意，但就是想要有一個人講話、告白、消失。我對於那些行爲早就痲痺，喔不，與其說是麻痺，不如說我根本毫不在乎。這樣想，我好像又不渣。

我好像病了。每當有人說他喜歡我，我都覺得對方有病。我那麼差勁，到底哪裡吸引你了。喜歡我？逗我的吧。

我也不知道我怎麼了，
只覺得我的心好像被抽掉一部分。

我也不知道我怎麼了，
只知道我心裡本來住著一個人，有天他走了，
我就變這樣了。

我也不知道我怎麼了。

我想往前了，但又想再等等你

很好笑吧，明明走出來了，卻還想回去……

：「欸那個誰不錯呀！」

：「我覺得你可以試試。」

：「你該開始新感情吧？」

這些常聽朋友提起。是呀，我是否也該牽起新的人的手呢？

分開後的難受、療傷期的煎熬，那些苦原來都撐過來了。從啤酒變成拿鐵，從頹廢變得正向，我好像在時間幫助下痊癒了。

你知道嗎？我當時哭得好慘呀，眞的謝謝你。你知道嗎？

後來我遇見了很多人，他們都比你還要好。他們會接住我的難過，他們會在乎我的感受，但我還是沒答應他們，你知道爲什麼嗎？

因爲我還想再等等你。

很好笑吧，明明走出來了，卻還想回去。你可能已經開始新的生活了，我卻還想回到當初。我眞的好想談戀愛，你知道嗎？但我也是眞的好想再等等你。

會不會哪天我收到訊息、會不會哪天路上巧遇，由緣分讓我們繼續呢？

我不知道，我只知道自己在離開與留下中徘徊。

「我想談戀愛，但我也想等你。」

訊息已收回

夜晚是個魔鬼，它把想念放大……

打了又刪掉的話，才是最想說的。

不知道從什麼時候開始，聊天軟體都推出了一個功能叫做「收回」。它讓發錯的訊息可以收回，減少了很多烏龍，也減少了很多眼淚。

幸福的人不會晚睡，孤單的人習慣晚睡。漫漫長夜裡，你面無表情滑著手機，在臉書、IG、Line 這三個應用程式裡切換，好像在期待著什麼。啊不，應該說在幻想著什麼。

一個人半夜睡不著，
要嘛你有麻煩事沒解決，
要嘛心裡住了一個人。

夜晚是個魔鬼，它把想念放大。平常都可以克制，但今天不知道爲什麼忍不住了，所以我發了一串訊息給你，你不用回覆啦，你也可以當作沒看到，快天亮了，我等等就會把它收回了。

一到夜晚我就變得脆弱，一到夜晚我就容易流淚，一到夜晚我就常常想你，雖然我知道不可以。

：「您已收回消息。」

：「？」

：「沒事。」

我該怎麼收場

我曾經向別人炫耀過你，
可現在我不敢提到你……

小時候拿到一個玩具的時候，我都把它當成寶物。我喜歡到處跟別人分享，有一點點炫耀，也有一點點驕傲。現在長大了，放下玩具拿起了手機，我也遇到了我的寶物，我也像從前一樣到處炫耀。

：「他對我超好。」

那個寶物不是東西，而是你。人海中能遇見你，是很幸運的事，擦肩的人有多少，但你爲了我停留。喜歡一個人的時候總想到未來：未來我們要有自己的

POST CARD

《一周七天，晴天雨天：寫給每一個為生活努力的你》yoyo著，今周刊出版

我不是厭世

我是因為今天星期一

房子、養可愛的寵物。那些美好在我腦中是最美麗的風景，也是我每天努力的動力。

我向別人炫耀過你：我有著別人羨慕的另一半，我有著別人沒有的你。那時候的我覺得自己是世界上最幸福的人。

「我很愛你。」

四個字，卻代表了很多。情話很多，但眞正要說出那些話時，又說不出來，最終變成這四個字。簡單，卻不如字面簡單。

說好的永遠，原來眞的很遠。到底是我丟下了你，還是你忘記了我。想彌補卻不知道從哪裡開始，找到了，開始了，卻越補越大洞。

我們在後退，我們在回到最初的關係。

「陌生人。」

兩個人牽手走過的街道，現在剩我一個人；空蕩的房間，空了的雙人床，如今被我的寂寞填滿。我曾經向別人炫耀過你，可現在我不敢提到你。

華麗的開場，卻沒頭沒尾地結束。

我曾經說過的話變成台下的聽眾。

而我，不知道如何收場。

你好醜

原來你的特別是我給你的……

「我記得你以前很好看的呀？」

人都會念舊，只是明不明顯罷了。分手了，有人把關於對方的一切都刪光，就怕自己看到會難過；有人不選擇刪除，選擇隱藏。表面上是不見了，可還是會在夜晚偷偷想起。有時候手賤了，點開一下，又是一個難熬的夜晚。

：「欸，你手機怎麼有前任的照片？」

：「喔，我照片太多，懶

得刪。」

眞的是懶得刪嗎？答案只有他自己知道。

那天我偶然看到你的照片，突然發現你好普通，甚至有點醜。我笑了一下自己。奇怪，爲什麼我以前那麼喜歡你，甚至害怕別人把你搶走。

看到你的照片，曾經的回憶湧上心頭：告白的地點、第一次牽手、第一次接吻。那些感覺還是那麼地強烈，就像昨天才失去你一樣，可我看看時間，原來已經過去那麼多日子了。

我好像痊癒了，又好像還沒痊癒。我可以在朋友面前大聲地說我早就忘記你了，但一個人的時候又可以想你想到流淚，我好想再抱你一次。以前我們常常吵架，要是現在還可以吵架就好了。

你好普通，眞的好普通，原來你的特別是我給你的。曾經，你在人海中我一眼就可以認出來，可現在你在人海中，我卻找不到你。以前我會焦慮，現在我有一點隨意。

原來不是你變普通了，而是你根本沒有特別過。

只是我愛過。

所以你才特別。

悲傷並不對等

你哭得很慘，
他跟別人滾得很爽，
值得嗎？

「悲傷並不對等呀。」

放棄一個人眞的很難，常會陷入一個輪迴裡。我今天放棄他了，隔天偷看一下，好像又放不下了。你上網看文章，找朋友訴苦，但答案到最後還是一樣。

其實你的朋友已經有點煩了，因爲就算給你再多的建議，你依然在鑽牛角尖，你依然在重蹈覆徹，只是他們沒說破而已。

也許你難過了好久，但對方早就走出來了；你還看著以前的紀錄自慰，他早就開始新感情，一段、兩段，而你還在原地。

你放不下他，不代表他也放不下你。悲傷並不對等，你的悲傷在他那裡不過是睡一覺的功夫。很現實沒錯，但感情就是現實。你哭得很慘，他在床上跟別人滾得很爽，值得嗎？

你放不下，他早就放下了，只是你不知道而已。

該放的還是要放，這是你的考驗，沒人可以幫你。只要你接受了，那放下也只是一眨眼的事。分開了，你們就是兩個個體，他過得好與不好都跟你沒關係。

你要做的是整理好自己，把過去放在心裡。那是你的經歷與故事，沒有要你丟掉，而是要你重新開始，接受新的人，不是要你在回憶裡打轉。

標準答案

如果以後你結婚了，給我發張喜帖……

婚姻，是一段感情的終點，卻也是新的起點。穿上婚紗，套上戒指，你們進入下一個階段。談戀愛的時候我們都想過對方穿上婚紗的樣子、結了婚後的日子。身旁的這個人，是他嗎？

可是呀，並不是每一段感情都可以走到禮堂，有更多戀人在過程中就失去了對方，是和平的，是不歡而散的。感情甜起來會吸引螞蟻，狠起來，想被一槍斃命。

長遠的感情除了純粹的愛，

還有很多現實的東西，錢、房、車。也許在眞愛面前，這些東西不值得一提，但不可否認，這是很多人擇偶會看的東西。

當時的我不及格，你也沒給我答案。那如果以後你結婚了，給我發張喜帖，我想看看那個標準答案是什麼。

聊天紀錄

我失去你好久了，
看完聊天紀錄後，
我感覺你又重新愛了我一次……

人在無聊的時候都會做些平常不會做的事，像是翻翻數學課本；整理凌亂的房間；明明很膽小，卻看恐怖片；想到之前網路上看到的奇怪實驗，然後自己動手做看看。

一個人的時候常常被情緒牽著鼻子走。跟一群人看電影沒什麼感覺，但一個人看電影時又可以哭得唏哩嘩啦的。情感被放大，像是情緒大師一樣，哪怕風吹草動也可以寫出一篇文章。

別把歪腦筋動到聊天紀錄

上。不知道什麼時候開始，聊天紀錄也可以搜尋了。輸入關鍵字，那個對話就會出現。左思右想，想不到要打什麼，最後輸入了一句「我愛你」。

我看著螢幕，先是沉默，然後有點想哭。

像是被打開了什麼開關，隱藏的祕密被發現。我看著那些「我愛你」想到了過去，是朋友間的，還是前任的。你隱藏起來，但搜尋時又無所遁形。

現在這個社會說愛很容易。

同學幫我點名。

「謝啦，我愛你。」

同事幫我處理麻煩。
「太感謝你了，我愛你。」
捨不得刪除聊天紀錄的前任。
「我愛你。」

當時的感動，跟現在回頭看的平淡，原來不知不覺我們都改變了。愛，每個人都會說，但它到底是什麼。輕易說出我愛你，但也僅止於字面上的意思。它漸漸沒有了以前的嚴謹，反而有點變成代表更高層級的感謝。

你說愛的那個人還在嗎?應該說，他還記得嗎?時間的流逝帶走了很多人，有朋友，有戀人，他們揮揮衣袖，留下的是遺憾，還有那句沒人認領的「我愛你」。

那三個字變成空殼，在紀錄裡凋零。看著那些對話，我沉默了很久，默默地取消搜尋。不是不在意了，而是都過去了。人生的離合是常態，既然已經過去了，就別頻頻回頭了。

那些曾經的寶藏，不屬於岸上。

比較適合沉下去。

慢慢地、靜靜地。

每一則訊息，都是一個故事。我們的故事跟大多數人一樣，有禮貌的開場、試探性的回覆，到最後越來越熟悉，開始打鬧、傳哏圖。有一段時間我很期待手機響起，看到你的訊息就很開心。我可以在洗澡時擦乾手秒回，我可以在很忙的時候放下手邊的事跟你說一句：「我現在很閒。」

「聊天紀錄是最甜蜜，也是最難過的小說。」

它看過我們所有的樣子，情人節的甜蜜訊息、冷戰時敷衍的貼圖。回頭看的時候，那個畫面全部都浮現。回不去的是曾經，回不去的是我們。

我沒有狠下心來刪除紀錄，而是把它隱藏起來。我沒有勇氣丟掉一切，又或是說，如果丟掉它們，我們好像就眞的結束了。

夜晚，我常常手賤點開紀錄。從臉紅到眼紅，從開始到結束。我失去你好久了，看完後，我感覺你又重新愛了我一次。

很可惜，我們的故事沒辦法繼續寫下去，我還是會偷偷想你。我和你早就斷了聯繫，你在哪，在幹嘛，我全都不知道。

朋友都勸我放下了，但說眞的還滿難的。

我沒有你的照片，好久沒聽到你的聲音，甚至連你的長相都有點記憶模糊。我這是放下嗎？

聊天紀錄是我最後一件和你一起擁有的回憶。

偶爾想起你，想起你的好的時候，我會拿出來看。

假裝你又重新愛了我一遍。

我真的想過未來有你

我們的關係從「你好嗎？」
變成「你最近還好嗎？」

過去，未來。

曾經，我們都是孤單的個體。我們一個人來到這個世界上，在人生這條漫長道路上遇到很多人，從一開始的家人到後來的朋友，好的或壞的，那些出現都會讓你的未來有變數。可是除了友情與親情，還有一種叫作愛情的關係。它給過我不曾擁有的甜，也給過我不想再體驗一次的難受。

有沒有一個人，對你來說很重要？總是一個人的你，遇到了可以並肩前行的他，生活不再是一個人的故事，而是變成兩個人的風景。我們有著像別人一樣的開頭，認識、告白、交往，也有著別人遇到的問題，價值觀差異、吵架、冷戰。可是那些我們都撐過來了，我眞的相信你就是對的人，也眞的憧憬過未來的日子。

未來，過去。

未來的日子有著責任與目標，累但是值得。我們在沒有能力的時候說了很多幻想，要一起出國，要一起去體驗高空彈跳。那時未來的未來，現在已經觸手可及；一步步實現曾經的諾言，那些不再是夢，而是我們要一起完成的目標。

「我眞的想過未來有你。」

過了很久，偶然滑到你的消息。也忘了是沒有你的第幾天，熟悉的感覺還在，只是由濃變淡。還在，但也僅僅只是在。

你說：「我會一輩子愛你。」原來一輩子那麼短。未來從模糊變得清晰，再從清晰變成模糊，像是我們的關係從「你好嗎？」變成「你最近還好嗎？」

時間沒有因爲分開而停下腳步，當時憧憬的未來也變成了現在，只是早已物是人非。陪著我的不是你，陪著你的也不是我，難過嗎？還眞的有點難過。人生大海，你早就上了岸，兩個人憧憬的未來也只變成我偶爾想念的話題。

我眞的憧憬過有你的未來，

可現在的我也是眞的不想回到過去。

如果遇見後最終還是要分開，那不如一開始就不相識。

就錯過你，靜靜地。
錯過你。

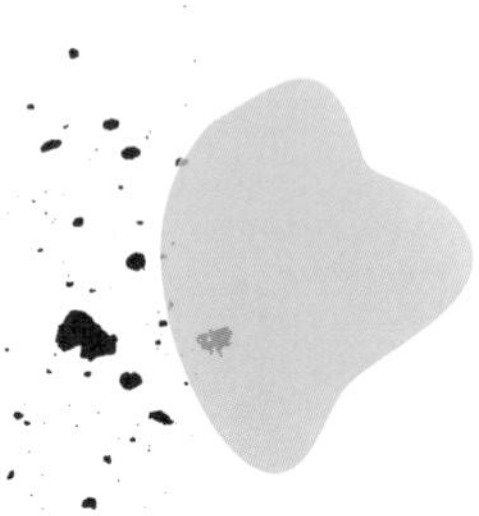

我沒有忘記你

我不會忘了你，但會接受其他人……

已經放下了也好，還在努力也好，感情這種東西本來就沒有對與錯。你在我心裡曾經有一個位子，現在它空下來了，也不會有人再坐在那個位置，就像我不會忘了你，但會接受其他人。

我沒有忘記你，但我也要開始新的生活了。其實說這些話，我心裡挺複雜的。我想起你給我的甜，也想起你給我的痛，我好愛你卻也好恨你，現在的你在哪裡呢？又過著怎樣的生活呢？

你是我心裡的祕密，也是我

的經歷，更是我的故事。遇見你我眞的很開心，你給了我一場很長很長的空歡喜。

我會過得很好的，你不用擔心。希望你也是，然後往前走，別回頭，因爲我們眞的回不去了。

從分開的體面，到現在的不聯絡，我們之間到底怎麼了？說好當朋友，卻連打字都彆扭。曾經走過的路，我有時會刻意繞過去，看看是不是可以找到我們生活的碎片。

熟悉的路口、你上班的附近、兩點一線的公車。走了那麼多，卻連一次遇見都沒有。我準備了很多見面的台詞，卻一次也沒有派上用場。「嗨，最近還好嗎？」「啊，你怎麼在這？」這些話也只是我欺騙自己的笑話。

距離分開已經過去多久，我老早記不清了。也許這就是我們的答案，這就是我們的結局。如果沒有意外，我們應該不會再見面了，希望你照顧好自己，雖然我很恨你，但這是我最後的溫柔。

喔，對了，我也一定會過得很好，很幸福。

因爲我永遠忘不了你分開時講的那句：「你一定要幸福。」

例外

我以為還可以再努力一下，
過一段時間後就好了……

那時候我遠遠地看你，有時和你對到眼也會緊張地避開，鼓起勇氣往前，才有了後來的故事。從陌生人到朋友，我們打鬧聊天聊到很晚。有天你回訊息回得很慢，我急了；那天我在路上看到一隻可愛的小狗，打算拍給你看時，我才發現，完了。

對你的情感原來已經超越友誼。我看了星座，看了網路上的文章，猶豫了好久才下定決心告白。我害怕結果是糟糕的，但還好，結果是好的。我們從朋友變成了戀人，從打字變成了電話。

還記得第一次約會，我挑了好久的衣服，最後選了一件衣櫃裡最好看的。洗頭、洗澡，想著要讓你看到最完美的我。明明就提早半小時到，還要說沒事我也剛到。第一次牽手，有點彆扭，我不敢看你，但我的餘光看到你的臉微紅。

雖然在一起後會爭吵，但還好最後都會講開。有時候是爲了雞毛蒜皮的小事，有時候是因爲價值觀，每次吵架都讓我們的感情更堅固。有時候你逗我笑，有時候我帶你去吃好吃的，一來一往間，也看到對方可愛的一面。

我以爲就這樣了，雖然沒有轟轟烈烈，但這樣平凡地過好像也不錯。我常常跟朋友提到你，不僅僅是因爲我脫魯了，而是因爲你就像是我的驕傲。

爭吵還是有，可是漸漸力不從心。以前吵架完會和好，現在吵架的結尾都是「算了」。我們之間好像有問題發生，但我不知道那個問題是什麼。我想解決，但我不知道從哪裡開始。

不知道我們是淡了還是膩了，沒有了以前的交流，矛盾也越來越多，爭吵也越來越頻繁，到最後還是分開了。我有想過，但沒想到來得那麼快。我以爲還可以再努力一下，我以爲只是暫時的，過一段時間後就好了。

失去你已經好久了。我從可以清楚說出分開的日子，到後來用「有點久了」帶過。我漸漸地遺忘你，不是把你的記憶抹除，而是把你藏在心裡。

回家時，我看了看夕陽。這個場景很熟悉，但身邊已經沒了你。我看著天空說了一句：「唉，看來我們還是沒能成爲例外。」

Q：我和他交往多年，該怎麼讓感情維持在熱戀狀態？

A：時間久了，膩了很正常。也不能說是膩了吧，應該說習慣了。從激情變成平淡，是好事，但有時候又是壞事。你們的交集變少了，有時候甚至覺得是不是快分了。

我覺得，你們都認識對方那麼久了，都知道對方喜歡的東西是什麼，喜歡什麼樣的驚喜。有時候不要嫌麻煩，一張卡片、一份驚喜小禮物，都可以讓你們的關係更上一層樓。感情是一起努力，不是一個在往前，一個在後退。即使再忙，也要抽出時間來約會，哪怕只是一場電影，或是一頓晚餐。

維持感情其實沒什麼訣竅，就是多惦記對方一點。對方說過的話、不起眼的小習慣，只要你稍微注意，也會讓對方的心暖暖的。平淡是好事，但太平淡有點像是慢性死亡。相處偶爾來點激情其實也不錯，眞的不要嫌麻煩。

如果吵架了，請一起把問題解決，而不是堅持己見，或是死不認錯。向愛的人道歉沒什麼好丟臉的。

Q：因為疫情，我和他只好遠距離，能不能推薦什麼安然度過的訣竅？

A：遠距離比一般的戀情更需要努力，因爲你們沒辦法常常見到對方。那種你哭了，我只能隔著螢幕說別哭的心酸，只有體會過的人才會明白。

有一句話是這樣說的：「距離之所以可怕，是因爲你根本不知道對方是把你想念，還是把你忘記。」

常常有人說他很沒有安全感。我覺得安全感這種東西，除了對方給你，你也要自己給自己。相信對方不會做出對不起你的事情，然後你也要找到生活的重心，而不是沒了對方就不知道怎麼生活。去看書、和朋友出去玩。對方很重要，但也不該是你生活的全部。安全感你要自己給自己，不然旁人說再多都沒用。

Hygge Thursday

小確幸星期四

送你一朵春天的花

聖誕老人

驚喜、安慰、擁抱，
都是因為你在對方眼中很特別……

還記得小時候除了生日，最期待的就是聖誕節了，因爲有禮物可以拿。小時候很天眞，以爲這個世界上眞的有聖誕老人。睡前在床頭掛了聖誕襪，早上看裡頭眞的有禮物，而且很巧都是我剛好很想要的。我拿著禮物去跟媽媽炫耀，媽媽總是給我一個微笑，那個微笑我到現在還記得。

年紀越來越大，沒有了掛襪子的習慣，卻有了跟朋友交換禮物的活動。大大小小的禮物裡頭是惡搞也好，是精心挑選的也好，那些鮮豔的禮物代表你不是孤單一個人，寒冷的聖誕也有心頭的暖和。

不知道什麼時候開始，明白了世界上沒有聖誕老人；不知道什麼時候開始，明白了原來小時候的驚喜都是來自愛你的人。

被人在乎、被人呵護是一件非常幸福的事情。驚喜、安慰、擁抱，那些平常的舉動，都是因爲你在對方眼中很特別、很重要。

聖誕老人的傳說我們已經忘了。

但會有新的孩子聽說，

會有新的孩子滿心期待聖誕的到來。

也許我們長大了，但當時收到禮物的笑容我們都還記得。

是呀，世界上沒有聖誕老人。

你所有的驚喜與禮物，都來自愛你的人。
聖誕節，如果沒有另一半，
不妨去陪陪朋友吧！
「眞心的友情，眞的不比任何愛情遜色。」

謝謝你們愛我

有人愛你的時候，
腦海裡不是幸福，而是感謝……

「溫柔以待。」

世界上沒有人有義務對你好、讓著你，每個人都是獨立的個體，心裡或多或少都有一點點自私，只是有人願意犧牲自己，帶給你一些溫暖。愛，是一種無形的力量，讓你充滿希望，也讓你的內心充滿暖意。

愛情也好、友情也好，有人愛你的時候，腦海裡不是幸福，也不是快樂，而是感謝。

因爲對方的話，對方的行

爲，讓你一瞬間都痊癒了。無聲的陪伴也好，陪你喝通宵也好，那些暖心的舉動分擔了你的難過。就像你蜷縮在黑暗裡，突然亮起了一絲微光。

我那麼差，卻還是有人愛我。

我不知道該說什麼，因爲我找不到形容詞去描述心中的感謝。
愛情也好、友情也好，

謝謝你們。

我都在

我沒辦法給你什麼，
但我可以給你陪伴……

：「你爲什麼要對我這麼好？」

：「因爲你很像以前的我。」

每個人都是一顆太陽，我們都有溫暖別人的力量，哪怕只是一句鼓勵的話，還是一下把你打醒的耳光，都會讓人充滿力量、都會讓對方知道，還有人在乎他。

曾經歷過，才知道那種痛。所以我知道你並不好，你的笑容不是無所謂，只是不想讓我擔心。我想給你個擁抱，給你個鼓勵。不是同情你，而是我眞的想給你力量。我沒辦法給你什麼，但我可以給你陪伴。

「你笑屁，你明明難過得要死。」

一個人有好幾張面具，用那些面具隱藏底下的表情。有人被你呼嚨過去，有人卻看出了你面具下的難過。他知道你並不好，他知道你在硬撐。

其實我想對你說，如果你有天累了、難過了、想我了，就來找我，我會安靜地陪著你。因爲長大的世界大家都很會撐，你如果來找我，我想應該代表你眞的撐不住了吧。

我會安靜地陪著你。我給不了你什麼實質的安慰，我沒辦法幫你解決眼前的困難，但我願意替你分擔一點難過。你可以說，可以抱怨，我都在。

無論友情或愛情，
「我一直都在。」
這句話，永遠不會過期。

你什麼都給不了我，卻什麼都給了我

也許你真的什麼都給不了我，
卻在我挫敗、迷惘中又把什麼都給了我……

雙親在你的人生中扮演了很重要的角色。不管是慈父嚴母還是慈母嚴父，他們都大大影響了你的人生，在心裡希望你好，希望你盡可能平安長大。

之前寫過一篇文章叫作：「長大後覺得爸媽好強，可以養活一個家，還可以給我零用錢，偶爾出去玩。」對於我的要求，老爸老媽總是盡量滿足。也許對他們來說，錢可以再賺，我的笑容更重要吧。

在我家，小時候我吵著要

買玩具時，老爸都會把我拖去旁邊揍一頓。那時候我好討厭他，現在長大了，他卻變成我最堅強的依靠。他不會給太多建議，但每一句話都中肯。以前不喜歡老爸，現在希望可以變得跟他一樣帥氣。

「你什麼都給不了我，卻又什麼都給了我。」

老爸跟我說過最深刻的一句話，就是：「你以後不用養我，我也不會留東西給你。」

當時以爲是錢這種表面的東西，現在卻發現是對生活的態度。也許你眞的什麼都給不了我，但你卻在我每次的挫敗、迷惘中又把什麼都給了我。

你告訴我失敗了要重新站起來，

這讓我有了面對挫折的勇氣。

你告訴我有興趣的東西要好好堅持，
這讓我現在可以在這邊寫文章給你們看。

你告訴我愛一個人要全心全意，
這讓我現在愛情美滿。

你沒有告訴我要怎麼當個帥氣的男人，
卻在不知不覺中又告訴了我。

你什麼都給不了我，卻又什麼都給了我。

我害羞，說不出噁心的話，
但希望老爸身體健康。

我會努力讓自己變成跟你一樣又酷又帥的男人。

跑起來

試著去追尋你喜歡的東西，
要用跑的，用走的真的會來不及……

時間不等人，一天二十四小時，每個人都一樣。有人耍廢，有人努力，這沒有對錯，不管是哪一個選擇，都是你面對生活的方式。有人拚命努力可是過得很不開心，有人耍廢卻過得很自在，每個人對生活的追求本來就不一樣。

你有喜歡的東西嗎？如果沒有，你有嚮往的生活嗎？

你想去的遠方，以你現在的努力可以達成嗎？我們都想要不一樣、想要好生活、想要好工作。你說要好好努力，結果說這些話的時候你人是躺著的，說笑呢。

試著去追尋你喜歡的東西，然後不要用走的，要用跑的，用走的眞的會來不及。你總以爲時間還有很多，你覺得還有很多機會，但時間從來不等人。你想要別人羨慕的，就要付出別人做不到的。別人用走的，你就用跑的。到最後你會發現，一切都是跟自己比。

跑起來！

你要的生活在那裡，你要的未來在那裡。好好努力，好好加油，不必羨慕別人，你自己也可以發光。

願你有天也可以變成別人羨慕的對象。

陪伴

你是不是忘了，
也有個身影，
在你低潮時沒有離你而去……

生活不是一帆風順，而是充滿鳥事的。

小時候父母告訴你，只要不去惹事，麻煩就不會找上你。但當我長大後才發現，就算你不惹事，麻煩還是會來挑釁你。

考試、報告、交友、愛情、家庭。

幾乎每個階段都會遇到一些麻煩事，有些你笑笑就過了，有些卻要花很長的時間去面對、去接受，還有一些甚至會跟著你一輩子。是陽光也好，是陰影也好，不可否認，每次當我們遇到了一件事情，就好像會成長一點。

你有難熬的時光嗎？

我相信或多或少都有一、兩段吧。那段時間的痛苦，你現在想起來還會佩服自己到底是怎麼撐過去的。現在看來，也許事情不過如此，你覺得自己戰勝了，但你是不是忘了，也有個身影，在你難熬的時刻陪著你，在你低潮時沒有離你而去。

是家人、是另一半、還是朋友、甚至是陌生人。

那個陪你走過難熬時光的人，你一定要用心感激。沒有他們的鼓勵，你也許還深陷其中。也許是因爲對方的一句話你醒悟了，也許是他安靜的陪伴讓你感到心安，不管是什麼原因，請你一定要好好感謝他。

「因爲他大可不這麼做。」

看到了你的失敗沒有離開，
看透了你的軟弱卻選擇擁抱你。

這個世界灰灰暗暗的，他替你上了顏色。
請珍惜那個帶給你溫暖的人。

禮物

他跟你沒有血緣關係，
卻對你很好，
那他一定是上天送你的禮物……

「沒有人有義務對你好。」

生活充滿著壓力，都顧不好自己了，哪有心情顧慮你。什麼拔刀相助，什麼同甘共苦，那些很多都是故事寫出來讓你看的。眞實的現實是大家都先顧好自己，別人怎麼樣那再說。

但生活也不是完全冰冷，因爲大部分還是有家人給你的溫暖。可是呀，如果你身邊有一種人，他跟你沒有血緣關係，卻對你很好，那他一定是上天送你的禮物。

：「我幫你的忙。」

這句話讓快爆炸的你心情好很多。簡單的幾個字，卻散發了比太陽還暖的溫度。不為利益靠近你，是眞的對你好。

：「我最近手頭很緊。」

：「你又手頭緊，再亂買東西啊。」

：「走啦，我請你吃飯。」

日常的對話調侃也讓人暖心。灰暗的世界，它是一顆小太陽，不爲利益接近你，就是單純希望你可以更好。一個巴掌、一句話、一個行爲，那些都是想把你從負面情緒拉出來的細心。

世界不完全絕望，也有些暖心。

我們沒有血緣關係，卻超越了血緣關係。

「你是我生命中的禮物。」

Q：**我家的人老愛對著我碎碎念，煩死了。**

A：我希望你明白一件事，就是家人說的話雖然很煩，但大多是對的。他們的人生經歷比你長，看過的人比你多，這點無庸置疑。可能也有些舊觀念現在不適用，但不可否認，大多是對的。

我覺得家人的嘮叨有百分之九十都是爲你好。很煩，但那也是愛。你覺得朋友才是眞正懂你的人，家人什麼都不懂，但你有沒有試著讓他們懂呢？

我知道不是每個人的家庭都很美滿，家家有本難念的經。有些人回家是放鬆、是避風港，有些人回家是壓力的開始。如果你是學生，我會建議你忍一下，反正如果眞的很煩，就左耳進右耳出就好了；如果你有經濟能力了，就努力存錢搬出去住。

你嫌家人煩，可有人連家人都沒有。

再說一次，家人的話可以聽，可以當參考，但怎麼做還是由你自己決定。如果你知道自己要什麼，那就大膽地去做；如果你沒什麼主見或是想法，那就好好聽家人的話吧。

Growth Friday

成長星期五

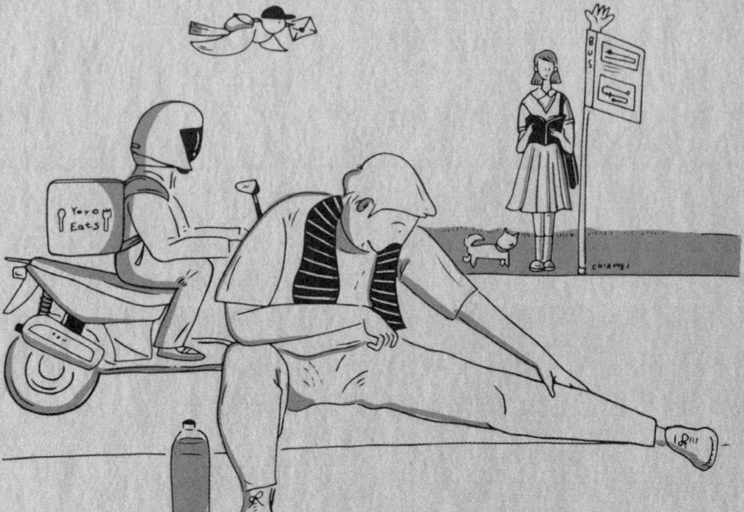

沒有消息的日子
都在努力生活

電話號碼

請你好好努力吧，
直到帳户餘額像電話號碼……

你覺得人爲什麼要努力？

是爲了生活，還是爲了自己？是想去小時候嚮往的未來，還是只爲了生存在這個世界上？努力的終點因人而異，唯一不變的是，大家每天都在與日子拔河，大家都不容易。

那你覺得錢重要嗎？

有人說喜歡錢很膚淺，可是它眞的很重要呀。它可以滿足生活大部分的需求，它可以買得到快樂。你皮夾裡、銀行戶頭裡有錢，它會給你其他東西給不了的安全感與踏實。錢是最實際的東西，這點無庸置疑。

大部分的人努力都是爲了更好的生活品質。不用擔心明天住哪，想買什麼都可以買。錢真的眞的很重要，只要你有了錢，你可以決定生活的樣子，而不是生活決定你的樣子。

所以請你好好努力吧，
直到你的帳戶餘額看起來像是電話號碼。

你有錢，講話眞的可以比較大聲。
雖然不公平，但這是眞的。
你有錢，是眞的會有很多好處的。

認識我，很幸運嗎？

希望你想到我的時候，
是想和我見一面，
而不是還好不會再見面……

人的個性是會變的。不知道你們會不會偶爾想回到過去給自己一巴掌，告訴他：「你這樣是錯的。」刺耳的話，小時候的我們聽不進去，總覺得自己是對的。對家人大小聲，長大了才知道後悔；對別人講出很難聽的話，之後想想覺得好像有點過分，因爲幼稚傷害了多少人，因爲不成熟失去了多少朋友。

已經大學畢業的我，某天洗澡的時候想到一句話：

「認識我，很幸運嗎？」

小時候的個性比較愛玩，就是班上最吵的那個。以前覺得還好，現在上課有人在講話就覺得很煩，想叫他閉嘴。這時，才發現原來我以前就是那麼白目，我想當時被我吵到的人，一定覺得認識我很衰吧。

我說話比較直，即使沒有惡意卻還是常常傷到別人，國中、高中都有回不去的友誼，事後很多的抱歉卻再也沒有機會說。也許當時對方眞的很難過，也許他現在還是討厭我，也許對他來說，我就是帶給他不幸的人吧。

大學是個小社會，我認識了形形色色的人。前幾天的畢業典禮，雖然大家嘴上說著「再約」，但我們都明白可能不會有下次了。這個典禮結束，我們可能就再也見不到了。不知道我給你留下的是什麼，是白目、是義氣還是什麼？你覺得認識我，值得嗎？

我的個性比較健談，外向，所以我的朋友不少，因爲寫字交到的朋友也很多。我沒辦法顧及所有人的感受，也沒辦法承受所有人的情緒。我沒辦法讓大家都喜歡我，但至少我想做到讓大部分的人不討厭我。

「希望有人覺得認識我，是一件很幸運的事。」

希望你想到我的時候，是想和我見一面，而不是還好不會再見面。

演技

遇到雞掰的人是常態，
遇到好人是奇蹟……

「別對每個人掏心掏肺，
畢竟有人不吃內臟。」

有時候還挺累的，面對不喜歡的人還是要微笑，想哭的時候也要笑，搞到我都不知道笑是表情還是面具。

長大了才發現世界的殘忍。

你對別人好，他不一定回報你相同的好。小時候真誠待人的人有好多朋友，長大後那種人卻變成最容易被欺負的人。

我有十顆糖，分你五顆。

這是小時候的世界。

我有十顆糖，我藏起九顆跟你說只剩一顆，所以不能給你。

這是長大後的世界。

原來生活還是需要一些演技，去掩飾心中真正的想法。生活到處都充滿險惡，也許笑瞇瞇的人有天會捅你一刀；也許平常臭臉、好像看你不爽的人，有天也會給你一個肩膀。我們都習慣戴著面具，跳進充滿面具的人海裡，遇到雞掰的人是常態，遇到好人是奇蹟。

我好想給老闆一拳，但我還是說：

「好的，老闆，我知道了。」

我一點都不想聽你講話，但我委婉地說：

「等我忙完再聽你說。」

你分享的東西有夠無聊，但我還是笑著說：

「哈哈哈哈，笑死。」

沒辦法，太多東西要掩飾了。

好可憐呀！

我說我，跟這個世界。

原來你我都是演員，用著爛演技，去演著平凡的人生。

該改的還是要改

你該做的，應該是改正它，
而不是想著有個人會無條件包容它……

我們都不是完美的人，但我們會成長、會學習。每個人的心中都有一個目標，我們默默追逐，希望有天可以變成那樣。

有一句話說「花若盛開，蝴蝶自來」。

這句話現在常常被說是瞎妹語錄，但我覺得這句話沒錯。

試著去提升自己，讓自己不再那麼患得患失，等你越來越好後，你會看淡很多事情。曾經糾纏你的，突然就放下了；你以爲過不去的，一下就開朗了。

你的生命中一定會遇到一個對的人，爲了能在遇見他時閃閃發光，爲了能成爲配得上他的人，你要努力成爲一個更好的人。

而不是強求別人，去愛一個糟糕的你。

「做你自己就好，因爲有人會愛上全部的你。」

我相信你一定也聽過類似的話。的確，愛自己比什麼都重要，但什麼是愛自己，什麼是眞實的自己？

網路上有很多雞湯，看完會覺得，哇，好有道理，但仔細想想又好像少了什麼。把那些句子當成慰藉沒有錯，但還是要想清楚作者想表達的，而不是用一個句子安慰自己，繼續做著讓人反感的事。

「做自己就好。」

對啊，做自己很好，但如果你是非常自我中心的人，就別拿這句話掛在嘴邊。個性很討厭，你卻說：「我是在做自己。」

做自己跟沒禮貌只是一線之隔。你講話雞掰卻說是在做自己；你讓人反感卻說是在做自己，什麼都丟給「做自己」，都覺得是其他人的問題，從來不曾檢討過自己。

「總會有人愛上眞實的你。」

美好的一句話，卻不是正確的一句話。每個人一定都會有一、兩個缺點，你該做的，應該是改正它，而不是想著有個人會無條件包容它。

感情不是一個無限包容，一個無限任性。
而是互相退一步，互相體諒、互相磨合、互相成長。

別奢望有人會愛上真實的你，
有些缺點你他媽該改的還是要改。

這是最後一次？

每次都說「這是最後一次」，
卻還是繼續做著一樣的事……

「最後一次，真的最後一次。」

今天的你又遇到什麼事了？

是快要考試了，
但想多玩一下遊戲？

還是已經分手了，
卻想再密他一次？

放棄一直都不是件簡單的事，從不習慣變成習慣，再從習慣變成不習慣。有些誘惑讓你無法自拔，曾經的溫存讓你想回味。啊，也許不是回味吧，而是不甘心，就這樣吧。

人很奇怪，明知道不可以卻還是會去做。

要減肥，卻還是忍不住偷吃一口。你充滿罪惡感，最後告訴自己「最後一次」，然後心情豁然開朗。

要考試，卻還是想玩電腦。知道不讀書會被當掉，但你還是忍不住。一天又過去了，你告訴自己「這是最後一次」，然後安穩地上床睡覺。

分手了，你告訴自己不可以傳訊息給他，但你還是忍不住了，思念蓋過理智，堅持了幾個月卻還是輸了。你想要的可能也不是挽回，而是覺得不甘心。你告訴自己這是最後一次，然後發個限時動態說自己以後不會犯賤了。

什麼事都有第一次和最後一次，下定決心需要勇氣與時間，這些我都懂，但爲什麼有些人每次都說「這是最後一次」，卻還是繼續做著一樣的事。

你說不煩，我聽到都膩了。

你的最後一次，到底他媽的有幾次啦？

自虐與自私

做什麼事，
都太顧慮別人的感受，
你只會很累……

你顧慮別人，那誰來顧慮你？

這是一句你應該聽過的話。是呀，你顧慮別人，那誰來顧慮你？這句話感覺有點自私，卻又好像有點道理。

你如果是個不考慮別人感受的人，那你只會變成別人討厭的對象。說話要察言觀色，做事要經過大腦，別人的感受是你該注意的地方，因爲那可能代表對方在做無聲的反應。

很多時候我們粗線條，別人生氣了都不知道，然後繼續我行我素。不考慮別人，只想到自己，所以別人給了你一個評價：「他很自私。」

不顧別人的感受是自私。

但如果你太顧一個人的感受，
那就會變成自虐。

別人的感受很重要沒錯，但你自己才是最重要的呀。不知道你們身邊有沒有這種人?他不懂如何拒絕別人，認爲拒絕別人，就變成自己的錯。別人的感受固然重要，但人有時候還是要適當的自私。畢竟，可能你停下來幫他，他卻不記得。

如果做什麼事，都太顧慮別人的感受，你只會很累。

別人的感受很重要，
但你自己的感受更重要。
做事不要想著爲別人，
想著爲自己。

結局是不會變的

如果不把問題先找出來，
你也只是走一樣的路……

不合適就是不合適。錯誤的密碼輸入一萬次它還是打不開，放錯位子的拼圖怎麼樣都放不進去。是呀，世界上很多事情都是這樣。

同一本書看了兩遍，你可能會有不同的想法，但它卻不會有不同的結局。

生活也是一樣，會分開、會失敗，就代表有不合的地方。有些人認爲不吃回頭草，有些人覺得可以，那些都沒有錯，但如果你不把問題先找出來，那你也只是走一樣的路，最後的結果不會改變。

我很喜歡一句話：「回憶之所以美麗，是因爲它再也回不去。」回憶很美好，甜的笑的、苦的哭的，現在想起來都還是讓你懷念。有時會有些遺憾，有時會有些後悔，但你也沒辦法回到過去把它圓滿，你只能接受它，學著與它和解。

人生最難走的，就是回頭路。

有時候過去的事情就讓它過去，不要一直拿曾經折磨自己。

放棄很難，但也是種解脫。

你也很努力呀，不是嗎？

也許離目的地還很遠，沒關係，
背後的腳印，是你能做到的最好……

有開始就有結束，這好像是每件事情的邏輯，可等你慢慢長大，會發現這世界上沒有結果的事很多。有很多事情的開始是轟轟烈烈的，可結尾卻潦草結束，甚至沒有結尾，走著走著就散了，久而久之就忘了，這才是事情的邏輯。

沒有結果的事讓人焦慮。到底是成功還是失敗？到底是微笑還是眼淚？你想知道，卻又害怕知道。

沒有結果的時候，就去睡一

覺吧。你這不是逃避，是在休息。等待很漫長，但只要一覺醒來，答案就會出現。

叫你不要想太多是不可能的。你可以想，但請別責怪自己，因爲這條路不好走，而你卻撐到這裡了。也許離目的地還很遠，也許離目的地只差一步，沒關係，因爲你背後的腳印，就是你能做到的最好。

這次不行，那就下次；這次失敗，不代表以後都失敗。人生充滿挑戰，你還有機會。

成功或失敗都是你的故事，不要去責怪自己，因爲你已經很棒很棒了。

我說的原諒，只是想給你一個台階下

我真的不想說沒關係，
但，沒關係了……

原諒一個人，難嗎？

人都會犯錯，犯錯後我們想得到別人原諒。從小時候的「請你吃飯」，到長大的「賠罪」，好像都有方法原諒，或是你不得不原諒。

我很討厭一種人，那種拚了命道歉，拚了命討好，就爲了得到我說「沒關係」的那種人。難過的是我，痛苦的是我，爲什麼你的道歉我就要接受，爲什麼你給我的感覺是：「我都做到這樣了，你該原諒我了吧？」

原諒一直都不是一件簡單的事。你要與自己和解，要帶著曾經的疙瘩相處下去。我真的不想說沒關係，但，沒關係了。

我原諒你了，但也只是字面上的原諒。
我們還是朋友，但也只是字面上的朋友。

我原諒你，不是因爲我看開了。
而是你在我心中已經變得沒那麼重要了。

「其實我說的原諒，只是想給你一個台階下。」

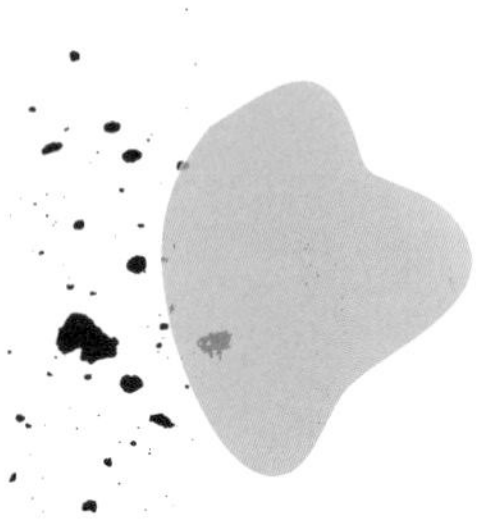

長大後的生活，是沒有任性的

每個年紀都有屬於他的風景。
每一天都只有一次，真的很珍貴……

十八歲的你在念大學，昨天打電動好累，好想睡覺。於是你問了室友，欸，要不要去上課。有人說了句「不要」，所以你又安穩地回到夢鄉。

你失戀了。你去喝酒，你去夜店嗨了一整晚，隔天早上你頭痛，於是編了一個理由請假。十八歲的你很自由，想幹嘛就幹嘛，這次不行還有下次。你還年輕，你多的是機會。

時間會走，你會變老，二十五歲的你在幹嘛？是不是早早起床，刷著牙，準備上班。一進公司就看到滿桌的文件，有要好的同事但也有很討厭的同事，你有滿腹委屈，卻還是吞下去了。

你難過也好，你生氣也好，你不像十八歲那樣自由，你有多難過都沒人在乎，你有多難過也得一早起床上班。這是現實，也是成長。

「你要好好把握念書的時候。」

這是出社會的人常常跟我們說的一句話。是呀，時間不會倒退，你現在想長大，可當你長大了，卻又想回到小時候。

十八歲也好，二十五歲也好，每個年紀都有屬於他的風景。人生只有一次，每一天都只有一次，珍惜時間，它眞的很珍貴。

別急著想長大，長大的世界不像你想的那樣。

「它沒有任性，只有繼續。」

兩勺糖

生活如果是一杯難喝的咖啡，
善待自己的事情就是一勺勺的甜……

生活很累，對吧？事情很多，對吧？有時候很想就這樣消失，對吧？

這樣就對了，因爲生活就是這樣。

我們不是富二代，我們不是新聞裡的幸運兒，我們只能靠自己。生活很累吧，但每個人都是這樣過來的。

生活不可能一帆風順，總是會遇到各種的風風雨雨。運氣好，你可以請求別人的幫助；運氣不好，你只能默默解決，把那個壓力吞下去後自己消化，而我們大多時候都是運氣不好的那個。

很煩吧，但沒辦法，這就是生活。苦日子嘛，大家都經歷過，多放兩勺糖，熬一熬就過去了。買一個喜歡很久的東西給自己，去吃一頓想很久的大餐。

生活如果是一杯難喝的咖啡，那麼那些善待自己的事情就是一勺勺的甜。

你要知道，生活可能會好一點，但不會到多好。你埋怨生活也好，逃避生活也好，最後都得回頭面對，試著找到生活的平衡點。記住一件事：要努力，也要放鬆。生活就是你一邊罵幹，一邊又把事情默默做完。

辛苦你啦，這就是生活。

煩悶的時候加兩勺糖進去，

如果加了兩勺還是很煩悶，那就加三勺。

Q：**我覺得自己好差勁。**

A：天生我才必有用，你一定也有很棒的地方，只是還沒找到而已。我曾經也是一個很沒有自信的人，身邊的人比我高、比我帥、成績又比我好，我在他們旁邊永遠都是配角，甚至還怕跟他們站在一起。我當時也覺得自己好差勁，什麼都不行。

後來我嘗試了很多東西，運動、畫圖，什麼都試過了，可還是沒有找到自己的興趣。有天，我看到別人在玩鋼筆。我抱持著嘗試的心態去買了人生第一支鋼筆，沒想到就這樣愛上了，到現在好幾年了。我因爲鋼筆，認識了很多朋友、出了書，這是我一開始都沒有想到的事情。

也許別人數學很好，但我作文很好。
也許別人長得很好看，但我字很好看。

其實我一點都不差，我只是好在跟別人不同的地方。

相信我，你一定也有很棒的地方，只是你還沒找到而已。你沒有很差勁，你只是還在找尋的過程而已。不要害怕失敗，多嘗試看看，你一定也會找到自己喜歡並且堅持的東西。

Q：參加考試落榜了，我這輩子就完蛋了吧？

A：考試需要努力，但也需要運氣。有時候差個零點幾分，不是你不努力，只是缺了一點運氣，再拚一下，下一次一定沒問題。

我在大學畢業後投入公務員考試。我考的科目比較冷門，上榜機會也很高，一開始信心滿滿，想著我一定一年內就要考上，結果換來的卻是落榜兩次。因爲是全職考生，每天都讀書卻落榜，這個結果我眞的接受不了，也消沉了很久。第一次差五分我可以說努力不夠，第二次差兩分我當下眞的快哭出來。我想過放棄，但最後還是調整好心情再試一次。

第三次很幸運地考上了，也算是對自己的努力有個交代。

落榜後的心情調整很重要。先休息一段時間，好好想想是要繼續或是放棄。如果要繼續，請拿出比上次準備更多的努力；如果要放棄，不要覺得丟臉，因爲你曾經努力過。

考試不是人生的全部，不是落榜了，你人生就完了。

Saturday's Choice

抉擇星期六

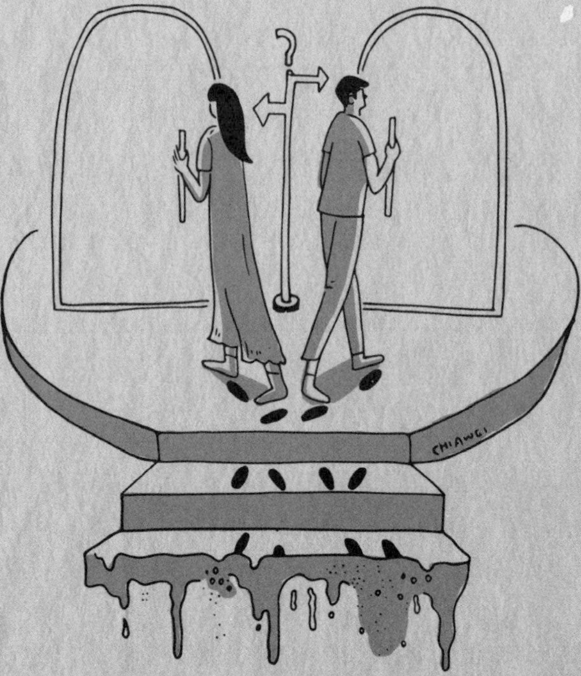

歲月其實沒有靜好

「走」出失戀？

我想擺脫卻又被纏住，
甜蜜的回憶變成糾結我的惡魔……

失戀的滋味只有當事人才懂。很多人會叫你看開一點，多認識新的人。他們講話的口氣都平平淡淡，讓你覺得原來走出失戀是那麼簡單的事。可是你要知道，大多數的人呀，都不是走出來的，他們都是哭著爬出來的。

你看到的釋然，可能是用好幾個夜晚換來的。失戀是常見的事，過來人的經驗很多，他們都有一些道理，但能不能走出來終究要靠你自己。

哭啊、叫啊、懊惱啊，各

種情況接踵而至。別人說的話都很輕鬆，可是我覺得好難。我越告訴自己不要想你，腦袋裡就都是你的背影。那些回憶在我腦中揮散不去，我想擺脫但它卻纏著我，甜蜜的回憶變成糾結我的惡魔。

走出失戀絕非一朝一夕，都是在時間的前進中淡忘對方。你不會忘了他，他依然在你的內心深處。等有天你放下了，會發現原來也不過如此，你也可以用說故事的口氣描述你走出來的過程，即使那個過程讓你不想再經歷一次。

很少人是走出來的，大多都是爬出來的。

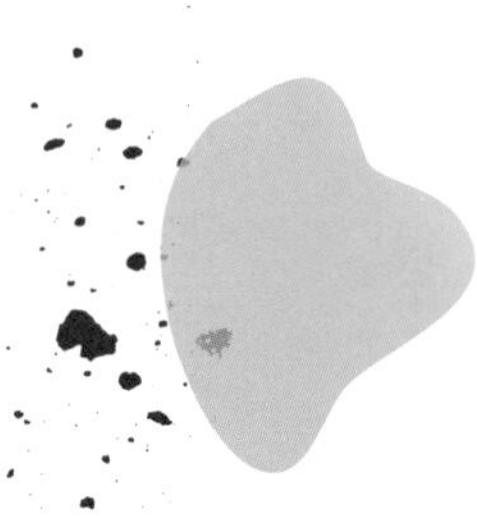

可有可無

如果它可有可無，
代表它並不是那麼重要……

可有可無，就如同字面上的意思：可以有，也可以沒有。生活裡不乏這種關係或人，你會糾結他的去留與否，但當你覺得這個東西可有可無時，請你一定要選「可無」。

東西也好，人也好，我們不可能留下每一個，只能做出取捨。如果它可有可無，代表它並不是那麼重要，那你就要好好問問自己，是真的需要，還是想要。

以前的我是一個很重視物

質的人。對我來說，每當出了新的筆、新的手機之類的我都很想買，覺得有了就很酷，即使我用不到，然後每個月的零用錢就沒了。

之後長大了，知道錢難賺，所以開始問問自己這個東西到底有沒有必要。沒必要就忍忍，畢竟東西還是會在，等我有能力時再買回來就好了。

可有可無，請你選「可無」，你會發現省下很多不必要的開銷。

感情或任何關係都一樣，你要知道，任何會消耗你或是讓你變差的關係，都不是好關係。留下他很開心，沒有他也罷。可有可無的交叉路口，那你選「可無」吧。畢竟不是每段關係都要有所回應，也許你們最好的關係就是錯過。

你不是深邃的山谷，所以我不怪你沒有回音。

可有可無。

請你一定要選可無。

「到最後你會發現那些可有可無，都不值得一提。」

不用忘沒關係

我只希望你可以放下它，
不要再讓過去的遺憾掐住你……

事情發生就是發生了，你懊惱自責都沒辦法改變什麼，但你會因爲這件事情有不一樣的改變。你可以記取教訓不要讓它再發生，你可以不要忘記它，但請你一定要放下它。

如果你很在意一件已經過去的事，那它一定會變成你前進的絆腳石。誰沒有過去，誰沒失敗過。我知道不可能要你忘記，我只希望你可以放下。這也是放過自己，不再讓過去的遺憾掐住你的脖子。

想起來還是覺得很遺憾或不甘心，那就不要讓它重演。曾經沒珍惜重要的人，這次就用力珍惜；曾經因爲怠惰而失去好機會，這次就努力一點抓緊。不經一事不長一智，這次別再讓自己或對方失望了。

放下吧，那只是轉瞬的念頭，一個與自己和解的瞬間。曾經困擾你的，有天也會被你笑著講出來。過去的已經過去了，所以你也要往前走，別再留戀了。

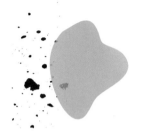

選項

那些選項都沒有錯，
只有適不適合而已……

任何問題都會有答案，而答案也不一定是好的。就像有時候堅持是答案，但有時候放棄也是。

感覺我們的人生一直在做選擇：是要玩電腦還是看電視，是要放棄還是要繼續，每一個選項都有要克服的點。選擇的當下會迷惘，選擇後會充滿希望，一段時間後則開始想會不會其他選項更好。

但其實你的選擇沒有對錯。

啊，應該說沒有人知道對或錯，

因爲沒有人會預知未來，他們只能用自己的經驗告訴你。

生活是你的，也許你羨慕別人，但別人同樣羨慕你，每個人都有難言之隱。你要做的就是貫徹你的選擇，讓自己在未來想起時不會後悔。

「有些選項沒有錯，只是不合適。」

我也曾經懷疑過自己的選擇，想著如果當時做了另一個決定，也許現在的我會更開心吧。但那終究是想像，終究是猜測，時間不能回到過去，而我現在做的只有把眼前的事情做好，僅此而已。

放棄也好，堅持也好，那些選項都沒有錯，只有適不適合而已，未來沒人說得清。有人勸你放棄，那你就堅持給他看，讓他知道堅持也是個答案；有人叫你堅持，你也可以選擇放棄。如果放棄了，讓你發自內心的笑容多了，我想也值得了。

不要糾結選項的對錯，因爲沒有一個是錯的。

好好堅持住，不要愧對當時選擇的自己。

好好堅持住，任何選項都是對的。

如果你曾經努力過，就知道為什麼會那麼難過

隨著年紀增長，
努力漸漸不等於會有回報……

以前學校考試，我考了七十分就沾沾自喜，我旁邊的同學考了八十五分卻哭了。那時候我不明白他爲什麼要哭，只覺得他反應過度，很蠢。

我以爲努力就會有回報，但隨著年紀增長，努力漸漸不等於會有回報。有時你忙了半天，卻什麼都沒有；有時你很努力，卻還是沒有好結果。

我們都想要贏，想要不一樣。有句話很現實，那就是「沒有人會記住第二名是誰」。我

們爲了一個目標努力，是考試也好，是比賽也好，那個東西一定很多人爭取，如果你想要，那就要努力再努力。

不知道你們有沒有爲一件事情拚過？

有時候很迷惘，但還是要走下去，因爲現在放棄就什麼都沒有了。你努力了好久，經歷了考驗，公布結果時幾家歡樂幾家愁。名額就在那，第一名只有一個，冠軍只有一個，你失敗了，就代表別人成功了；你成功了，就代表別人失敗了，這就是殘酷的現實。

原來努力後的失敗，會是那麼難受。

後來我才明白，原來他不是蠢，而是眞的很難過。

我不善良，但我也沒有對任何人不好

別用你認為的目光去看我，
因為人心是用眼睛看不到的……

「我從來就不是一個好人。」

好與壞、善良與邪惡，那只是人本質的兩面。善良是什麼，壞是什麼，每個人都有自己對它的定義。我扶老奶奶過馬路，我是好人嗎？我曾經跟朋友打架，我是壞人嗎？

你有沒有想過，你覺得一個人很好，可能是你自己想像出來的。他也有自己的惡，只是你覺得沒什麼而已。把觀點與觀念強加在別人身上，不覺得很自私嗎？

「我的好，是你自己認爲的。」

我也會自私，我也會罵髒話，我不是什麼聖人，我也會做不被大眾接受的事，我也會拒絕別人，但我可以說，我沒有對任何人不好。

我有自己的底線，我只是比較能忍耐，我只是在做自己，但外在卻給我戴上了「好人」的假面具。我在能力所及的範圍內幫你，但這次超出一點點，所以我拒絕了，你卻說我是個壞人。

好人也好，壞人也好，別用你認爲的目光去看我，因爲人心是用眼睛看不到的。人心中自有一把尺，別拿你的尺，去量別人的個性。

別用你的認爲，去定義別人。
別用你的以爲，去定義別人的行爲。

那也是最好的決定呀

你要知道，做出決定的當下，
你是果斷的，你是肯定的……

「別想著後悔，因爲當時的你是執著的。」

後悔，是一種無力感。你沒辦法回到過去，你沒辦法改變曾經，你只能接受現在，想辦法彌補，看有沒有一個比較好的未來。

世界上沒有後悔藥，也沒有時光機，你做的每一個決定、下的每一步棋，都影響著你的人生。後悔很難受，那是一種沒有特效藥能醫治的難受，你只能跟自己和解，說服自己去接受。

人生要沒有遺憾太難了，一場考試、一段關係、一場戀愛，那些都有數不盡的遺憾：要是當時說清楚、要是當時不那麼倔強、要是我認眞一點。現在想起還是很後悔，但你也想不到補救的方式，所以告訴自己，算了，都過去那麼久了。

我們都想要無悔地過一生，可惜總是事與願違。人生不會沒有遺憾，但你要知道，做出決定的當下，你是果斷的，你是肯定的，因爲當下你認爲那是最好的決定。

失戀了、友情散了、考試考砸了，
你會後悔，代表你在乎。

也許這句話很不負責任，但過去的事就讓它過去吧，你的後悔改變不了什麼，試著接受。

也試著放過自己，不要去責怪自己的不懂事。
因爲那是當時的你，能做出的最好決定。

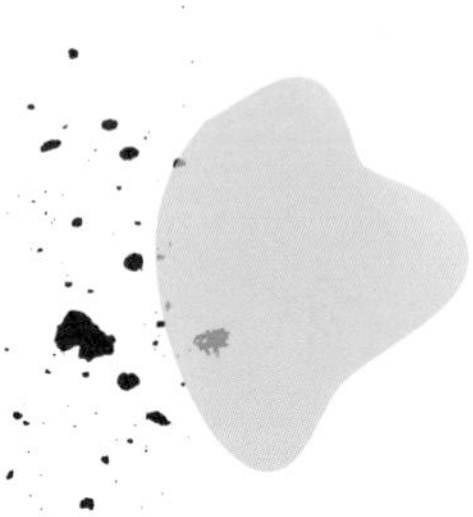

你變好多

「你是在哭得很慘的那夜長大的嗎？」
「不是，是在我忍住不哭的那晚。」

「從說出來到往肚裡吞，
我想，這就是長大吧。」

人是群居動物，你會遇見各式各樣的人，有朋友、家人、小人、貴人伴你度過好多時光，你也在他們的陪伴下活得精采。

當你遇到麻煩的時候，別人會幫你，然而有些事情卻只能自己面對。你把痛苦消化了，最後化作臉上的笑容；你把抱怨藏好了，嘴上說出「我沒事」，有人看得出你在逞強，有人乾脆地被你欺騙。人生是場戰鬥，一場只有你自己明白的戰鬥。

我很喜歡一段對話：

「你是在哭得很慘的那夜長大的嗎？」

「不是，是在我忍住不哭的那晚。」

一個人如果變了，那代表他一定經歷了什麼。別人不知道那段路有多麼辛苦，不知道那是你用多少眼淚換來的痊癒，他們只看到你現在的海闊天空；他們不知道那個過程有多累，不知道你動了多少次想放棄的念頭，他們只知道你現在好像沒事。

人生有很多不能說出來的東西，挑戰也好、實話也好，我們背負著那些然後成長。在過程中，我們漸漸改變了，是心態、是個性，沒人知道我們經歷了什麼，他們只會說一句：

「他變好多。」

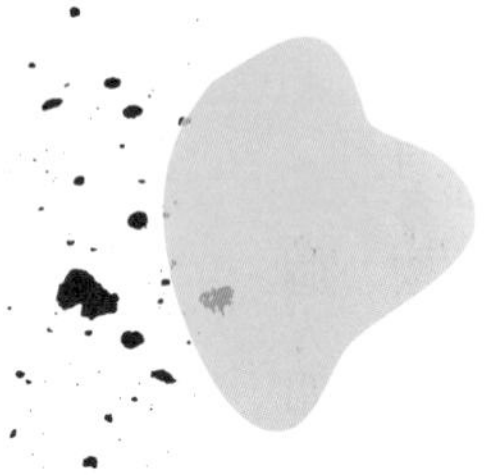

好得不夠純粹，壞得不夠徹底

「好」不是什麼都接受，
「壞」不是什麼都拒絕……

對一個人好是好事，世界那麼灰暗了，多一點溫暖也是暖。但如果你對一個人太好，那你可能會變成委屈自己。如果對別人好的前提是委屈自己，那我覺得有點本末倒置。

你在意別人，又有誰在意你的感受？幫忙是選擇，並不是義務。自己與對方，請你都先選自己。

有些人會因爲拒絕別人而內疚。明明不想做，卻因爲對方再三拜託而接受。不是不敢拒絕，而是覺得「拒絕好嗎?」到最後很煎熬:我不幫的話,他好可憐;可是我幫的話,自己很累。

「好」不是什麼都接受,「壞」不是什麼都拒絕。你呀,就是好得不夠純粹,壞得不夠徹底,才會讓自己很難受。

好,也要有底線,沒底線的好只會讓對方不珍惜。好,可以,但要先知道善待自己。

壞得徹底一點、痛快一點。你不幫忙,說實在的也不會有損失。對方會感謝?算了吧,大多時候,他不會記得你幫他的那一百次,只會記得你不幫他的那一次。那就統統拒絕,徹底地壞。

每一件事都是這樣,怎麼做都會有聲音,但你要知道,你自己才是第一順位。爲難到你的都要想一下,在能力有限的範圍裡盡力幫忙，這才是雙贏。

答應很好，但拒絕也沒錯。

你才是主體，不要因爲別人，而爲難自己。

那都不會再是我了

留下的是眼淚還是笑容都沒關係，
錯過了，可能就真的再也遇不到了……

每個人的出現，一定都有意義。

人生這趟旅程，你遇見了誰，誰遇見了你，你覺得是緣分，但可能是必然。你會遇見很多人，你想留下的、你想掐死的、你愛上的，當然，還有你留不住的。

「在某次再見後，就眞的再也見不到了。」

這句難過的話其實是人生最眞實的樣貌。世界那麼大，你們很難再相遇。你心裡有一句話想跟他說，你把那些話藏在心裡，想著見面的那天說出來，可是這一等，又是多久？

珍惜每一段緣分與關係，因爲你可能只有這次機會了。留下的是眼淚還是笑容都沒關係，因爲你們的羈絆可能就在這淺淺的一抹微笑裡。你錯過了，可能就眞的再也遇不到了。

感情也好，友情也好，那些關係都有意義。我們分開後，我是眞的都希望你過得好。

你以後呀，會遇見很多很多人，但都不會再是我了。

想起我的時候，你是笑還是氣都沒關係，我們相處的時間是長還是短也沒關係，只希望你能記得我曾經出現過，溫暖你或打擊你。十年後、二十年後，希望你會說出那句：「我以前有個很好很好的朋友。」

我只有一個，
緣分只有一次。
對誰都一樣，珍惜吧。
因為可能沒有下次了。
因為可能，再也遇不到了。

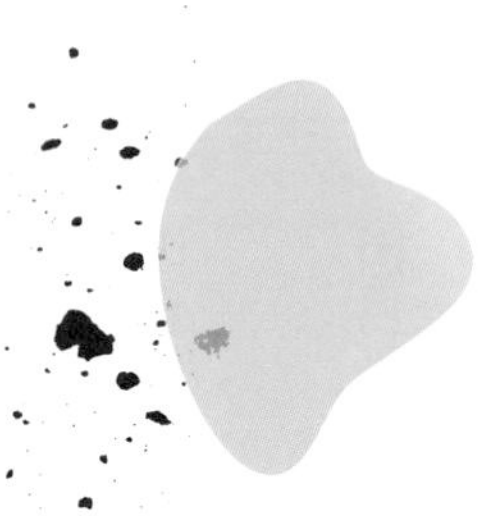

理解／算了

現在的世界裡，
一半是理解，
一半是算了……

長大後的世界，你還習慣嗎？

小時候嚮往的長大，突然就到了。不用上學了，但要上班了；零用錢變多了，但要繳房租了；不用遇見討厭的老師了，但要面對討厭的上司了。感覺長大後的世界什麼都變了，但又好像什麼都沒變。

長大後的世界沒有了小時候的稚嫩，變成了大人的實際。小時候的世界裡，一半是快樂，一半是難過；現在的世界裡，一半是理解，一半是算了。

每個人都不容易。大家都覺得自己是最慘的，但一定有人比你更慘。聽到別人不幸的遭遇，我們都會在心裡鬆一口氣。雖然覺得難過，想幫忙，可是看看自己的能力，我又能做些什麼？

所以說了一句：「沒事啦！」「我懂你的感受。」「陪你喝一杯。」這些聽起來很像沒用的廢話，卻包含了我們心中的理解與關心。

現在的世界裡，還有另一半，那一半就是「算了」。

以前遇到問題都會去爭取，現在反而變得有點隨意。不是不爭，而是爭到了又能改變什麼。說好要再約，但也沒人再提起。大家很有默契，也不說破，默默在心裡說了一句「算了」。

「你不聽就算了。」

「算了，隨便你。」

生活已經夠累了，不要再因爲其他雜事讓它更累。你要贏，那你去贏吧，我沒有興趣，佛系生活。你如果跑過來跟我說一加一等於三，我也會拍拍手說：「對，沒錯。」

成年人的世界有它的規則，我們踏入了，那就只能遵守。成年人的世界沒有很複雜，因爲複雜的是人心，所以看淡點吧，任何事都是。

成年人的世界裡，

一半是理解，一半是算了。

那些日子，希望你是真的快樂

你曾經想跟我一直相處下去，
那樣就夠了。
至少我們都開心過……

「每一段關係都會結束，無一例外。」

「你好」，這是多少關係的開始。友情、愛情，每一種關係都有一個開頭，大多簡單，沒有心機。在說出「你好」的那一刻起，你們的故事已經開始了。

你不知道這段關係會持續多久，有可能一輩子，有可能只到下一秒；結束時可能隆重，是一場典禮、是一句話，也可能讓你猝不及防，甚至沒有徵兆。

對方的離開，一定會讓你難受，但沒辦法，堅持要走的人你是留不住的。友情裡，常常因爲畢業斷了聯繫，一天一天、一年一年，漸漸地你有了新的交友圈，淡忘了曾經的朋友，到最後變成陌生人。

感情裡，有甜蜜也會有爭吵。問題解決了，就讓你們的感情更堅固；解決不了，就變成裂痕，有一天會崩塌，有一天會來不及。最後的結果，就是分開。

對方的離開，是不是讓你煎熬了很久？曾經的好麻吉，現在不曾聯繫；曾經的戀人，現在有點忘了他的樣子。到最後我發現，原來離開才是常態。

離開也沒關係，因爲你陪我走了一段。謝謝你的到來，不管最後我們怎麼分開的，是和平、是生氣，我只希望你遇見我的那些日子，是眞的快樂。

你的微笑沒有假裝，你曾經想跟我一直相處下去，那樣就夠了。至少我們都開心過，至少那些日子沒有面具。

未來的日子，你還會遇見很多人，也會失去很多人。你不願意，但生活就是這樣；你想把握每個人，但沒辦法，離開才是常態。

我能做的，就是在那些往來的日子裡，用眞心對待。

我也希望，如果未來我們眞的分別了。

希望你想起那些日子時，臉上是充滿笑容的。

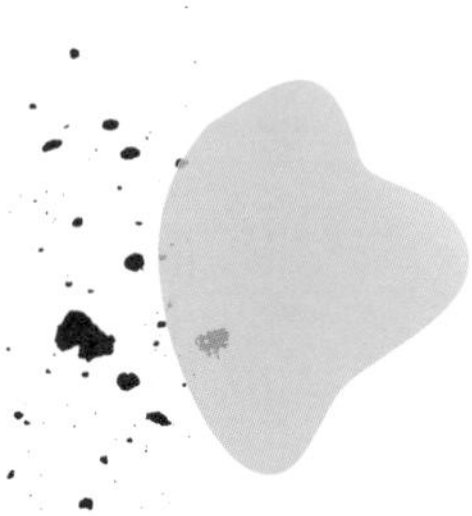

三觀

別把你的價值觀強加在別人身上，
還自以為正義……

世界上沒有兩個相同的人，每個人都有自己的特質，這也是你的特色。每個人對事物的看法都不同，有人選A，也有人選B。這沒有對錯，也不用強行改變別人。我們的心中都有好人與壞人的模板，但究竟什麼是好人，什麼是壞人？

我會定期捐款，
我是好人嗎？

我曾經跟別人打架，
我是壞人嗎？

活了那麼久，你有一套看人的標準，也有自己的三觀，但你要記住，三觀是約束自己的，不是用來約束或綁架他人的。別把你的價値觀強加在別人身上，還自以爲正義。沒有人有義務接受你的三觀，就像別人也沒資格約束你一樣。

你的三觀只適合你。你要做的，是尊重不同的聲音，而不是強迫其他人配合你。

三觀不正沒什麼，強迫別人接受他三觀的人才可怕。

Q：**我覺得自己一直陷在低潮裡走不出來，該怎麼辦？**

A：人呀，不可能永遠都在上升期，也會有低潮期。

我覺得，低潮的時候先放下手邊的事情吧。因爲你現在頭腦很雜，做什麼事都有高機率搞砸，那就先歇會兒，等調整好自己後再重新出發。

你可以去做些很有信心的事，哪怕簡單的也沒關係。你現在要的是自信，不是什麼成績。低潮，很大一部分是因爲壓力太大，那就去釋放你的壓力，如果釋放不了，就學著和它相處，不要被它吞沒。

聽音樂、玩遊戲、出去玩，能夠讓你放鬆的方法都可以。低潮是個過程，就像雨後會天晴一樣，低潮一定也會過去。

Sweet Sunday

甜蜜星期日

來做我的第二杯半價吧

第二杯半價

現在我不擔心了，
因為我身邊也有一個小可愛……

咖啡店常常推出「第二杯半價」這種活動，但一個人又喝不完，只好找好兄弟或好姐妹一起去喝，再不然就是自己買兩杯，一杯今天喝，一杯明天喝。

聽來很寂寞跟孤單，但其實滿爽的。

在咖啡店常常看到情侶來買，我都不敢直視，因爲眞的太閃了。

但現在我不擔心了，因爲我身邊也有一個小可愛。

我管你是咖啡還是甜點，
第二個半價這種招數已經傷不到我了。

你看，
我喜歡了你一輩子

年輕時遇到你，你是禮物，
從年輕到老的愛情，應該就是寶藏了吧……

我覺得一個人可以從開始到最後都喜歡一個人，是一件很了不起也很感動的事。好還有更好，比你另一半優秀的人很多，但他還是堅定地選了你。第一次告白的「我會好好愛你」，過了很久，沒有變過。

看到路上的老情侶，還可以牽著手替對方做貼心的事，我覺得那是我看過最酷的人。說愛容易，要證明卻不簡單，有人說完就忘，有人用一輩子去說。

希望每個戀人都可以互相

愛著對方，有天你們老了，走不動了，你們依然是對方的依靠。年輕時遇到你，你是禮物，那麼從年輕到老的愛情，應該就是寶藏了吧。

你當時說的話還記得嗎？有沒有好好做到？

希望我們一直互相喜歡，然後等有天我們老了，走不動了，我可以滿臉皺紋，然後露出得意的表情對你說：

「你看，我喜歡了你一輩子。」

你是我青春的驕傲，老了也是，永遠都是。

你會愛我多久？

我不想要再重新認識一個人，
我只要眼前的你……

「你會愛我多久？」

如果是你，你會怎麼回答？

一年，十年，感覺那些時間單位都給不出個答案。林徽因說：「答案很長，我準備用一生的時間來回答。」也許眞的是這樣，你愛一個人，是沒辦法用時間去解釋的。

誰不想要長久，我們已經過了那個隨意說愛的年紀。我不想要有新鮮感，我不想要再重新認識一個人，我只要眼前的你。

：「你會愛我多久？」

：「在你說不愛我的第二天。」

：「爲什麼？」

：「我給你後悔的時間。」

相遇不容易，

認識不容易，

在一起也不容易。

但最後我們還是走到了一起。我相信你我都不想分開，那就冷靜一下。別把分手掛在嘴邊，別把任性當作理所當然。互相體諒，互相扶持，相信我們一定可以走得很遠很遠。

時間只是個單位，有天我們會突破那個界線。

我不知道怎麼回答「會愛你多久」這個問題，
我只知道在我擁有你的每一天，
我都會好好珍惜你。

如果你說不愛了，
我會多給你一天。

讓你想清楚，免得後悔。

是每天，是非常

遠距離還要多久呢？我現在有點想你。
啊，不是現在，也不是有點……

「距離很遠，但心不會。」

我們都過著自己的生活，然後從中找到我們的交叉點。遠距離，總是讓人充滿無力感。別人牽手，你們視訊；看到對方開心你陪著他笑，看到對方難過卻給不了安慰，只能透過螢幕對他說聲辛苦了。

我想下班就看到你，我想現在就抱著你。

看似簡單的願望，卻是遠距離戀人們的奢望。好多時候我都希望你在，難過的時候，開心的時候，任何時候，多希望你可以抱抱我。

你不知道，每次我覺得自己很漂亮的時候，都特別想見你，想著想著就有種心酸湧上心頭。我常常會怨天，爲什麼別人的戀情都是見到膩，我們的戀情卻是好久才見到一面。

如果有對翅膀，我一定馬上飛過去找你，因爲這時的我好漂亮，我想讓你看看，但我還是只能拍張照片傳給你。

你笑著說：「眞的很漂亮。」我也笑了，然後有點想哭。

遠距離還要多久呢？

我現在有點想你。

啊，
不是現在，也不是有點。
「是每天，是非常。」

沒事，你可以亂想

即使我沒辦法在你身邊，
我也在別的地方好好愛你……

總是在亂想，總是在害怕。

不接電話，是不是不想理你；訊息沒回，是不是生氣了。安全感不夠的你，總是在亂想。

那些我陪伴不了你的夜晚，都讓你慌了手腳。但沒關係的，你可以亂想，因爲我一直在愛你。

我害怕自己做得不夠好，我害怕自己給不了你想要的，但愛你的心絕對不輸給任何人。喜歡是感覺，在一起後變成了責任。

生活有了目標，因爲是爲了你，流出的汗好像都甜甜的。

抱歉有時候給不了你要的陪伴，抱歉你需要我的時候我不在，
抱歉你亂想的時候我沒辦法給你個擁抱。

但我希望你明白，
不論你怎麼想，都別害怕。

因爲即使我沒辦法在你身邊，
我也在別的地方好好愛你。

她在廚房

「爸爸，你的初戀是誰呀？」
我指著那個廚房裡忙碌的背影……

初戀不一定有結果，但一定讓你印象最深。如果你跟初戀走到最後，那你眞的很幸運，在最懵懂的年紀遇見了喜歡的人。那時候的我們是牽手就會臉紅的年紀，即便過了很久，但現在想起還是會有點害羞。

感情路上遇到很多人，有喜歡但不能在一起的，有喜歡但最後走散的。每一段感情都不想留下遺憾，也許最後結果不好，但自己也在無形中成長了一點。

會跟誰走到最後，這是一

個未知數。也許你會和曾經錯過的人再相遇，也許你會和一個你認為不可能的人走下去。但你知道嗎，我最希望的，是當有一天我的小孩問我：「爸爸，你的初戀是誰呀？」

我不是找手機裡的舊照片，
而是指著那個廚房裡忙碌的背影。

：「吃飯囉！」

這三個字，還是跟當時一樣溫暖，還是跟當時一樣心動，只是當時是一間出租房，小餐桌，現在是一間小房子跟有點吵雜的餐桌。

你對我來說已經不是簡單的關係，
而是一個責任。

好啦，
我現在不是在你這嗎？

原來為了愛情，每個人都可以低頭；
原來為了愛情，原則什麼的都可以捨棄……

怎麼追一個人？

我想每個人的答案都不一樣，有人送禮物，有人每天接送、買早餐。每個方法都是方法，沒有對錯，要的也不過是對方的點頭。對方答應了，那一切也值得了。

追一個人好累，因爲你不知道會不會成功。你可能送了一堆東西，卻輸給送卡片的人；你可能每天開車送他回家，卻輸給一個陪他搭捷運的人。還沒在一起前，什麼都有可能，可能贏了，但也可能輸了。

我的願望是，有一天我能跟你說起以前的心酸。

……「那時候要追你都陪你聊到很晚，我他媽超想睡覺的。」

……「你拉我去看鬼片，我快嚇死了還要裝作不怕。」

……「你之前都消失，我還以爲我沒機會了。」

……「那時候你身邊一堆人，我覺得自己好普通。」

好像被打開什麼開關，以前追你的不開心全部說出來。原來爲了愛情，每個人都可以低頭；原來爲了愛情，原則什麼的都可以捨棄。愛情眞是神奇。

聽完我的抱怨，你沒有說什麼。

你只是笑著看著我，摸摸我的頭髮，

溫柔地抱著我說：

「好啦，我現在不是在你這嗎？」

因為你說過啊

那些話你偷偷放在心裡，
除了驚訝，更覺得自己被重視……

：「你怎麼記得？」
：「因爲你說過啊！」

簡單的對話，心頭卻暖暖的。原來關係的升溫不需要浮誇的禮物，那些不起眼的細節就已經足夠。

無意間說出的話，是喜歡的食物，是討厭的行爲。那些話你偷偷放在心裡，有天我突然發現，心裡除了驚訝，更多的是暖心，更多的是覺得自己被重視。

腦容量有限，對方卻把一

部分留給你、你們的回憶、你們的節日，還有你說過的話。擁抱很暖，但被在乎的感覺更暖。

你記住了我都沒記住的事，那個感覺眞的很溫暖。

原來有些關心是看不見的。

原來有些細節，是一直都在的。

原來你們還在一起

在一起很浪漫，但一直在一起更浪漫……

「我永遠愛你。」

這句話很浪漫，但永遠是多遠？有人說一生、有人說活著的時候，我笑著說，六百三十四天。因爲有人說要永遠愛我，卻停留在六百三十四天。

從學生到出社會，到最後結婚的感情讓人覺得很浪漫，但又有多少情侶可以走到這裡，又有多少人的感情走過了很多風雨，卻走不過平淡。

希望以後，我們手牽手走

在街上，碰到老朋友，他們會很驚訝：原來你們最後真的還在一起。

在一起很浪漫，但一直在一起更浪漫。撐過了很多，到最後還是陪伴著對方。是對方的燈塔，也是對方的老師，更是對方的朋友，這種感情真的很棒。

我選擇了你，那就是你。

我對你做的一切不是承諾，而是我的責任。

有人說我們不會走一輩子，你不用生氣，也不用反駁，我們要做的，就是走下去給他們看。

預料之外

第一次見到你時，
我從沒想過我們會在一起……

感情很神奇，第一眼覺得不會在一起的，反而是最後走到一起的。你們遇到了對方，在那個時間、那個地點，一切都是那麼巧合。你們的故事，在那一刻寫下了序章。

第一次見面的感覺，你還記得嗎？

講話很有禮貌，舉止很端正，就爲了給對方一個好印象。第一封訊息、第一次出遊、告白、吵架，回頭看我們的種種，一切還是那麼奇妙。第一次見到你時，我從沒想過我們會在一起，我以爲我們只是有緣而已。

想說的話很多，很噁心、很肉麻，我講出來會害羞，但眞的很開心生活有你。

生活有了你，變得不太一樣。謝謝你的出現，讓我知道這個世界其實沒那麼糟糕。

喜歡和愛

喜歡一個人，想的是當下。
愛一個人，想的是以後……

到底什麼是喜歡，什麼是愛，我想每個人心中都有不同的答案。小時候，我們會對喜歡的人說「我喜歡你」；但長大了，卻變成「我愛你」。喜歡昇華到愛情，再從愛情昇華成親情。每一個階段都代表一個身分，也代表一個責任。

喜歡是什麼？

喜歡就是跟優點談戀愛。

小時候喜歡一個人很簡單，他長得好看、他功課很好、他很會打籃球。那是一個對到眼就會臉紅的年紀，不會想那麼多，只要優點夠大就可以蓋過缺點。那個時候我們談的戀愛，是和他的優點談的。

愛又是什麼？

如果喜歡是和優點談戀愛，
那愛就是和缺點過日子。

人不可能完美，或多或少都會有一、兩個缺點。如果你喜歡一個人，就要有包容對方缺點的心。兩顆尖銳的心互相磨合變得圓融，這才是走下去的資本。你的缺點我會包容，替你著想，而我的缺點也麻煩你包容了。互相退一步，手牽手繼續往前。

喜歡一個人，想的是當下。
而愛一個人，想的是以後。

「愛不需要理由，喜歡需要理由。」

可是，你會在未來遇到一個因爲愛而在一起的人，那時的你一定要認眞喜歡他，因爲這個喜歡變成了責任。

喜歡不是掛在嘴上的敷衍，而是要認眞地去實現。一件小事、一句話都可以看出你的態度。別人相信了你，你也要給予相同的期待。在一起就好好在一起，說到就要做到。

「千萬別讓對方後悔當初答應了你。」

堅定的選擇

因為有你，我在「喜歡」的森林裡，找到回家的路……

：「我喜歡你。」

學生時期，班上都會有個萬人迷，要嘛功課好，要嘛外表好看。他們常常被告白，而我們這些身邊的人就像是配角，用平凡襯托他的特別。有時候我也會想，好好喔，被那麼多人喜歡。

如果學生時期的戀愛是彩色的，那麼長大後的戀愛就是黑白的。不是沒有未來，而是少了點夢幻。有沒有房、有沒有車，這些問題就像是課本上的例題一樣。

喜歡逐漸變得廉價，越來越多人談著速食愛情。愛個幾天就說要一輩子走下去，然後過個幾天又說不再相信愛情。

愛情的本質到底是什麼，有時候我也不懂。有人可以爲了愛情，選擇一個什麼都沒有的人，從零開始與他打拚；也有人因爲錢，而談了一個不怎麼快樂的戀愛。

後來我才知道，被喜歡沒什麼了不起。你有錢有勢就有人喜歡，只是不知道他的喜歡是建立在什麼東西之上。

在愛情來來去去的世界裡，有一段被堅定選擇的愛情，那才是眞正的了不起。

「我不怕，因爲我背後有你。」

這是一句很有安全感，同時也很有自信的話。我不怕，因爲有你，我知道不論世界多麼亂，不論你身邊的人有多少，我都是你的唯一。

每個成功的人背後，都有一個支持他的人。

因爲有你，我做我自己。

因爲有你，
我在到處都是「喜歡」的森林裡，找到回家的路。

Q：大家都說要「愛自己」，到底該怎麼愛自己？

A：愛自己沒有標準答案。我自己的認知是：愛自己就是對自己好，讓自己開心。你買了一個想了好久的東西、你吃了一間很難訂到的餐廳，那都是愛自己的表現。

你可以試著和自己對話，想想最近發生的事，適時地肯定自己。你是你自己的心靈導師，對自己說一聲辛苦了，那也是一種愛自己。

可以的話，放過自己。你心中一定有跨不過去的坎，那就原諒它吧，原諒了才可以豁然開朗，原諒了，才有辦法重新開始。

如果你還是不知道怎麼愛自己，那就想想看你是怎麼愛別人的，用對他的方式對待自己。要記得，「自己」才是生命中最重要的人，你不好好善待自己，別人又怎麼會善待你。

後記

感謝看到這邊的你們。不知道你們有沒有從這本書裡得到一點力量，或是對生活有不一樣的看法呢？這本書的誕生其實很意外，本來以爲自己已經過氣了，沒想到可以再次得到青睞，非常感謝編輯給我這個機會。

二十三歲的我，因爲這本書，有了不一樣的一年。一邊備考一邊寫作眞的不是件輕鬆的事，也誕生了無數次想放棄的念頭，但還好都撐過來了。除了謝謝編輯，還要謝謝自己。

也許很多人看到這本書的封面，覺得不是自己的菜。因爲對他們來說，這類的書無非就是無病呻吟。他們覺得生活是生活，文字是文字，哪來那麼多的多愁善感？但我覺得這就是文字的魅力，你說不出來的，可以透過文字表達；你憋在心裡的，可以透過文字抒發。

你說我無病呻吟也好，說我假文青也好，但我想任誰都有多愁善感的時候吧？我們和你們沒什麼不同，我們只是把它記錄下來而已。

一周七天，每天都有不同的心情，不管是晴天還是雨天，笑臉還是哭臉，都有它的風景，也是你人生的扉頁。人生不就是這樣嗎？偶爾下雨，但雨後一定會放晴。希望你們都可以在這本書裡找到一部分的自己，透過經歷友情、愛情、親情，去理解生活，享受生活。

感謝今周刊出版的編輯對這本書的幫忙，還有繪師家瑋的插圖，也感謝購買這本書的你。可以的話，我想一個一個和你們說聲謝謝。從一開始寫字，到開ＩＧ帳號，到現在出書，我心中有太多的感謝了。謝謝你們，眞的。

一周七天，今天星期天。

國家圖書館出版品預行編目 (CIP) 資料

一周七天，晴天雨天：寫給每一個為生活努力的你 /yoyo 著 . --
初版 . -- 臺北市：今周刊出版社股份有限公司 , 2022.06
288 面 ;14.8X21 公分 . -- (社會心理 ; SP10033)
ISBN 978-626-7014-52-3(平裝)

863.55　　111004649

社會心理 33

一周七天，晴天雨天

寫給每一個為生活努力的你

作　　者　yoyo
繪　　者　許家瑋 Kyo Kai
副總編輯　許訓彰
主　　編　蔡緯蓉
封面設計　蕭旭芳
內文排版　陳姿伃
校　　對　李韻

行銷經理　胡弘一
企畫主任　朱安棋
行銷企畫　林律涵

發 行 人　梁永煌
社　　長　謝春滿
副 總 監　陳姵蒨

出 版 者　今周刊出版社股份有限公司
地　　址　台北市中山區南京東路一段 96 號 8 樓
電　　話　886-2-2581-6196
傳　　真　886-2-2531-6438
讀者專線　886-2-2581-6196 轉 1
劃撥帳號　19865054
戶　　名　今周刊出版社股份有限公司
網　　址　http://www.businesstoday.com.tw

總 經 銷　大和書報股份有限公司
製版印刷　緯峰印刷股份有限公司
初版一刷　2022 年 6 月
定　　價　360 元